Himmelstürmer Verlag

Florian Höltgen wurde 1985 geboren und studiert Germanistik und Philosophie. Zusammen mit seinem Hund Jack wohnt er mit einem Freund in einer kleinen WG in Köln. Neben dem Lernen geht er einer Vielzahl von Nebenjobs nach, wobei er aber stets darauf achtet, genügend Zeit zum Schreiben zu haben.
Mehr über den Autor auf: www. alex-seinfriend.de/hoeltgen/

Bisher erschienen:
Ein Tag am See, ISBN 978-3-934825-64-2
Mein bester Freund, sein Vater und ich, ISBN 978-3-934825-88-8
Kiss me, teacher, ISBN 978-3-940818-03-4

Himmelstürmer Verlag, Kirchenweg 12, 20099 Hamburg
Himmelstürmer is part of Production House GmbH
E-mail: info@himmelstuermer-verlag.de
www.himmelstuermer.de

Das Model auf dem Coverfoto steht in keinen Zusammenhang mit dem Inhalt des Buches und der Inhalt des Buches sagt nichts über die sexuelle Orientierung des Models aus.

Umschlaggestaltung: Olaf Welling, Grafik-Designer, AGD, Hamburg.
www.olafwelling.de
Foto: © http://www.jackslomovits.com/

Originalausgabe, April 2009
Rechtschreibung nach Duden, 24. Aufl.

Printed in Chech. Repulic.

ISBN 978-3-940818-17-1

Für Stefan
Eine fast wahre Geschichte

Florian Höltgen

Love me, Angel

Himmelstürmer Verlag

1

Ich höre nicht mehr, was Bastian sagt. Schon bei den ersten Worten über Maike bin ich geistig davongeschwebt. Das Schlimme dabei ist, dass es ihm nicht mal auffällt, solange ich nur schön regelmäßig „mmh" mache. Und ich weiß, dass ich nichts verpasse. Maike ist ein hübsches Mädchen aus unserer Oberstufe. Wenn ich ehrlich bin, dann finde ich sie sogar sehr hübsch. Sie ist erst jetzt Anfang der Zwölften zu uns gekommen. Soweit ich weiß, weil ihre Eltern umgezogen sind und sie deshalb auch die Schule wechseln musste. Sie scheint wirklich nett zu sein, ein wenig schüchtern vielleicht. Und wie gesagt, hübsch ist sie, sehr hübsch. Und das ist auch schon alles, was ich über Maike weiß. Viel mehr weiß Bastian auch nicht, weil er sie noch nie angesprochen hat. Dazu ist er zu schüchtern. Aber Bastian ist regelrecht besessen von ihr. Vom ersten Tag an darf ich mir seine Schwärmereien anhören. Maike ist ja sooo schön und sie hat sooo einen guten Charakter, dafür dass sie sooo schön ist ... Bastian ist schwer verliebt. Und ich kann es einfach nicht mehr ertragen. Seit zwei Wochen bekomme ich nichts anderes mehr von ihm mit als Maike, Maike, Maike. Wenn ich nicht wüsste, dass Maike nichts dafür kann, müsste ich sie jetzt hassen! Warum um Himmels willen sind ihre Eltern nur hier hergezogen? Gab es denn keine andere Schule für Maike? Musste sie unbedingt zu uns ans Gymnasium kommen? Ohne etwas zu tun, hat sie mir von einem Moment zum anderen meinen besten Freund geklaut. Einfach so. Sie kam in den Klassenraum, stellte sich schüchtern vor und setzte sich schließlich an einen Tisch ganz vorn. Noch jetzt spüre ich Bastians Hand auf meinem Bein, blitzschnell, heiß, wie er zupackt und mir signalisieren will, dass gerade etwas unglaublich Wunderbares passiert ist. Da wusste ich noch nicht, dass es um ihn geschehen war. Ich konnte mich nur auf seine Hand konzentrieren, deren Wärme durch die Jeans auf meine Haut sickerte und mir eine Gänsehaut über den Nacken trieb. Es ist nicht so, dass mich Bastian noch nie berührt hätte. Wir sind beste Freunde, wir hängen gemeinsam rum, wir machen Sport, wir gehen ins Kino und so weiter. Da ist es ganz normal, dass man sich ab und zu berührt. Bastian knufft mich auch oft genug spaßeshalber in die Seite. Aber das ist alles irgendwie anders. Die Hand auf meinem Schenkel aber war erregend. Wahrscheinlich weil er gerade selbst aufgeladen war bis zum Anschlag. Fantasien von Maike oder was weiß ich. Und diese Energie hat er auf mich übertragen. Ich könnte jetzt sofort sagen, wo genau seine Hand auf meinem Bein gelegen hat. Ich könnte seine Finger nachmalen, weil sich dieses unbeschreibliche Gefühl auf meine Haut gebrannt hat. Zum ersten Mal hat es zwischen mir und Bastian eine sexuelle Spannung gegeben. Für ihn natürlich nicht, nur für mich. Zumindest glaube ich, dass er es nicht wahrgenommen hat. Immerhin redet er ja seitdem nicht von mir, sondern ununterbrochen von Maike. Aber ich habe es eindeutig gemerkt. Bastians heiße Hand, aufgeladen von sexuellen Wünschen, hatte sich auf mir entladen. Und während Bastian seitdem nichts anderes als Maike im Kopf hat, denke ich immer noch an diese Berührung. Manchmal schaue ich sogar seine Hand an, wenn wir in der Schule nebeneinander sitzen. Er hat schöne Hände. Langgliedrige Finger, starke Adern auf den Handrücken und gut geschnittene, helle Fingernägel. Meine Mutter achtet immer so sehr auf Fingernägel, ich glaube, das hat sie mir irgendwie anerzogen. Aber an Bastians Fingernägeln gibt es wirklich nichts zu mäkeln. Ich könnte ihn mit nach Hause bringen und meiner Mutter als Liebhaber vorstellen. Ihr erster Blick würde dann zu seinen Händen wandern und die Nägel prüfen. Ich bin überzeugt davon, dass sie bei diesen Fingernägeln auch mein Coming-out gut verkraften würde. Ein Schwiegersohn mit schönen Händen würde sie alle Sorgen vergessen lassen. Vielleicht würde ihr ja sogar nicht mal auffallen, dass Bastian kein Mädchen ist. Von diesen sauberen Fingernägeln geblendet, wäre alles andere nebensächlich. Und ich hätte kein Problem mehr mit meinem Schwulsein. Alle Welt dürfte von mir und Bastian wissen und wir würden uns gegenseitig die Nägel feilen und polieren und ...

„Sag mal, hörst du mir überhaupt zu?", reißt Bastian mich aus meinen Visionen von einer heilen, schwulen Welt.

„Mmh", mache ich automatisch. Dann komme ich mit meinem nächsten Schritt vom Bordstein ab und knicke mit dem Fuß um. Plötzlich verwischt der Gehweg vor meinen Augen und wo oben sein sollte ist unten und der dunkle Asphalt saust auf mich zu. Mit einem Schlag komme ich auf und weiß für einen Moment nicht, was passiert ist. Für normal bekommt man das ja auch nicht richtig mit, wenn man auf die Fresse fällt. Ich spüre nur, dass mein Fußgelenk schmerzt. Dann plötzlich auch mein Arm, der irgendwie ziemlich verrenkt unter meinem Körper klemmt. Mein Gesicht liegt direkt auf dem Boden und ist einseitig heiß.

„Uff", höre ich mich selbst. Bin wohl ein wenig benommen.

„Alles in Ordnung?", fragt Bastian neben mir.

Ich hebe den Kopf an und sehe in seine besorgten Augen. Das mag ich. Wenn er sich um mich sorgt, dann bin ich ihm zumindest wichtig – und jetzt in diesem Augenblick zum ersten Mal seit zwei Wochen wichtiger als Maike. Hätte ich das mal vorher gewusst, dann wäre ich sicher schon viel früher umgeknickt. Mit etwas Glück hat er Maike jetzt ja vielleicht für den Rest des Tages vergessen ...

„Aah!" Mein Arm tut weh, als ich mich aufrichten will.

„Warte!" Bastian hält mich fest. „Geht's?"

„Klar", presse ich hervor, obwohl ich gerade das Gefühl habe, dass gar nichts mehr geht. Und dann passiert es: Bastian nimmt mich fast in den Arm, als er mir aufhilft. Ich nehme das Stechen in meinem Fußgelenk kaum wahr.

„Sah ziemlich übel aus", sagt Bastian und schiebt zweifelnd die Brauen zusammen.

„Geht schon", gebe ich zurück. Eigentlich ist das doch die Gelegenheit! Wenn ich mich jetzt nur ein wenig mehr anstelle, dann hält er mich sicher für die nächsten zwei Wochen für Maike und umhegt mich ...

Bastian lässt mich los und ich stehe wieder allein und halbwegs aufrecht.

„Geile Show, Alter", sage ein Schüler im Vorbeigehen.

„Schwuchtel!", lacht sein Kumpel.

„Fickt euch!", rufe ich hinterher. Im gleichen Moment verziehe ich aber das Gesicht, weil der Schmerz von meinem Fuß das Bein hoch läuft. Ich humple ein wenig.

„Lass die doch", sagt Bastian. „Das sieht übel aus."

„Tut schon ziemlich weh."

„Na ja, gebrochen ist zumindest nix, sonst könntest du wohl nicht mal humpeln." Dann zieht sich ein schelmisches Grinsen auf sein Gesicht.

„Arschloch", sage ich sofort.

„Sorry, aber das sah schon – komisch aus."

„Nee, schon klar." Dann spüre ich selbst aber auch ein Kichern. Die Vorstellung, dass mich Bastian die ganze Zeit mit Maike vollquatscht, ich daraufhin abschalte und vor mich hinträume, bis ich mich auf die Fresse lege, hat schon was.

„Ah, verdammt!" Ich trete falsch auf und der Schmerz zuckt durch mein Gelenk. „Verdammte Scheiße!"

„Hey, kann ich euch irgendwie helfen?", fragt Andy plötzlich. Andy ist der absolute Außenseiter in unserer Oberstufe. Eigentlich spricht er nie mit irgendwem und ich kenne auch niemanden, der mit ihm sprechen will.

„Nee, geht schon", sage ich schnell, weil ich möchte, dass er weitergeht.

„Na, ich hoffe, du hast dir nicht weh getan", sagt Andy, ohne ein Lächeln oder Mitgefühl zu zeigen.

„Was geht dich das eigentlich an?", blafft Bastian plötzlich los. „Sonst interessiert dich doch auch nix!"

Ich bin total überrascht. „Hey!", versuche ich mich einzubringen, aber Andy zuckt nur mit den Schultern, dreht sich um und geht. Ich finde es eigentlich nett, dass er gefragt hat. Kam zumindest bei mir nicht irgendwie doof an. Nur sein gleichgültiger Blick …

„Was ist denn los?", frage ich Bastian.

„Ach, der Arsch geht mir einfach nur auf den Sack!"

„Na, komm, war doch eigentlich schon okay, dass er gefragt hat, oder?"

„Ich kann den einfach nicht ab!"

Ich schweige. Irgendwie bin ich verwundert, dass Bastian so reagiert. Für normal ist er absolut umgänglich und tut keiner Fliege was. Ich glaube zwar, dass ihm seine Softy-Art manchmal selbst nicht so lieb ist, aber für mich ist es einer der Gründe, weshalb wir überhaupt beste Freunde sind. Mit den anderen Typen, die den ganzen Tag angestrengt einen auf hart machen, könnte ich jedenfalls nichts anfangen. Mit Bastian kann man wenigstens normal reden und braucht seine Schwächen auch nicht unbedingt zu verstecken. Aber dass ich auf Jungs stehe, würde ich ihm trotzdem nicht erzählen. Da ist er manchmal ein wenig komisch. Und in der Schule schwul zu sein, ist auch nicht gerade der Hit. Ich werde ja jetzt schon oft genug als Schwuchtel bezeichnet. Wie soll das erst werden, wenn ...

„Biste schon wieder weg?", reißt mich Bastian aus meinen Gedanken.

„Ich – ja, sorry, hast du was gesagt?"

„Nee, aber ich wollte langsam mal nach Hause."

„Klar." Vorsichtig belaste ich meinen schlimmen Fuß und humple vorwärts. Es tut verdammt weh, aber ich versuche mir nichts anmerken zu lassen. Trotzdem kommen wir nur langsam voran. Und mit jedem

Schritt muss ich meinen Arm bewegen, der dann natürlich auch schmerzt. Wie blöd bin ich eigentlich da hingefallen?

„Willste innen humpeln?", fragt Bastian und feixt.

„Was?"

„Na, innen auf dem Gehweg. Dann fällste wenigstens nur in die Büsche und nicht wieder auf die Straße. Hast ja Glück gehabt, dass nicht gerade ein Bus kam oder so."

„Ha-ha", mache ich.

„Willste dich aufstützen?"

„Nee, geht schon." Aber eigentlich will ich doch. Nicht, weil ich muss, sondern nur, um wieder von Bastian berührt zu werden.

„Quatsch nich!", sagt Bastian und fasst mir auch schon um die Taille. Automatisch lege ich meinen Arm um seinen Hals. Es fühlt sich großartig an, Bastian so nahe zu sein. Natürlich waren wir das schon öfter. Doch seit dem Tag, als Maike in die Klasse kam und seine Erregung auf mich übergesprungen ist, habe ich einen solchen Kontakt immer vermieden. Davor hatte ich mir einfach nie was dabei gedacht. Doch heute sieht das anders aus. Ich spüre seine Wärme an meiner Seite. Wieder dringt die Hitze seiner Hand durch meine Kleidung und trifft diesmal auf meine Seite. Erst am Bein, jetzt in der Taille und demnächst ... Ich versuche den Gedanken zu verdrängen, weil ich merke, dass es mich erregt. Und das wäre nun wirklich der Supergau, wenn Bastian jetzt noch mitbekommt, wie ich spitz werde, nur weil er mir nach Hause hilft.

„Was hast du eigentlich gegen Andy?", frage ich also. Irgendwas muss ich ja sagen, um mich abzulenken. Und Andy ist da ziemlich geeignet. Der ist so unerotisch und seltsam, dass ich da sogar Mädchen eher in Betracht ziehen würde. Obwohl, eigentlich hat er keinen schlechten Körper, glaube ich. Er versteckt ihn ja immer unter seiner Gammelkleidung. Und ein hübsches Gesicht hat er auch. Wenn ich recht überlege, ist er wohl der Einzige in der Oberstufe mit einer absolut makellosen Haut. Der Typ könnte echt was aus sich machen. Stattdessen hält er die Leute mit seinem starren Blick auf Abstand und ist überhaupt ziemlich unnahbar. Aber vielleicht wird man das auch, wenn keiner was mit einem zu tun haben will.

„Ich weiß auch nicht", antwortet Bastian gerade. „Der ist mir einfach – komisch irgendwie."

„Toll, mich findet sicher auch die halbe Schule komisch", entgegne ich belustigt. Irgendwie habe ich das Gefühl, Andy ein wenig verteidigen zu müssen. Immerhin schien er das Angebot vorhin wirklich ernst zu meinen. Wenn ich da an die anderen Typen vorher denke ... Wahrscheinlich hat sich Bastian noch über die aufgeregt und es schließlich an Andy ausgelassen. Man beißt halt lieber die Schwächeren.

„Du?", fragt Bastian überrascht. „Du bist doch nicht komisch!"

„Na, das sagst du. Aber du kennst mich ja auch."

„Und die anderen haben einen an der Waffel." Bastian schüttelt den Kopf. „Nicht jeder muss gleich schwul sein, nur weil die einen Schwuchtel nennen."

Augenblicklich wird mir heiß. Das ist das erste Mal, dass ich das Wort *schwul* aus Bastians Mund höre. Und irgendwie hängt es mit mir zusammen. Sein Satz rast immer und immer wieder durch meinen Schädel und ich versuche, den Inhalt herauszuhören. Will er mir damit jetzt sagen, dass ich noch lange nicht schwul bin, nur weil jemand mich Schwuchtel nennt? Oder meint er im Grunde gar nicht mich? Ich weiß ja, dass er selbst auch schon als Schwuchtel beschimpft worden ist. Will er mir damit vielleicht etwas über sich selbst sagen? Vermutet er womöglich, dass ich es bin? Weiß er vielleicht sogar, dass ich ... Nein, das kann nicht sein!

„Wie meinste das?", frage ich also zurück und konzentriere mich auf mein Humpeln, in der Hoffnung, dass er mein rotes Gesicht nicht sieht.

„Na, die Idioten haben doch keine Ahnung", antwortet Bastian und ich merke, dass er sich langsam aber sicher aufregt. „Was soll der Scheiß eigentlich immer mit Schwuchtel? Die sollten sich mal richtige Schwule suchen!"

Ich schlucke. Mir ist Bastians plötzliches Engagement nicht geheuer.

„Ich hab echt noch nie mitgekriegt, wie irgendwer zu diesem Andy Schwuchtel gesagt hat!", fährt Bastian fort. „Hat das denn echt noch keiner gecheckt?"

„Was gecheckt?", frage ich dümmlich. Ich habe keinen Schimmer, was das eigentlich soll. Ist doch klar, dass die Pöbelfritzen nur Scheiße labern. Was soll die Aufregung?

„Na, der ist doch schwul!", platzt Bastian heraus. „Sollen sie den doch beschimpfen! Ich jedenfalls bin nicht schwul und du auch nicht!"

Mit einem Mal ist mir schlecht. Okay, jetzt weiß ich Bescheid. Und ich habe so absolut gar nicht damit gerechnet.

„Oder?", fragt Bastian auffordernd.

Die Welt dreht sich mit einem Mal wieder um mich. Mir ist so was von schwindelig. Ich habe das Gefühl, Bastian jeden Moment vor die Füße kotzen zu müssen.

„Uuuh", mache ich und beuge mich vor.

„Was ist denn jetzt?"

„Mir ist schlecht", keuche ich und spüre, wie Bastian mich festhält, damit ich nicht vornüberkippe.

„Verdammte Scheiße, was ist denn mit dir los?"

„Mein Fuß", sage ich einfach, weil es das Erstbeste ist, was mir einfällt.

„Ja, dein Fuß, aber ..."

„Es tut so weh, dass mir davon schlecht wird." Das klingt doch vernünftig, oder? Ja, okay, ein wenig memmenhaft, aber das ist immer noch besser, als schwul.

„Scheiße, Mann. Soll ich einen Arzt rufen?"

„Nein!", sage ich sofort. Darauf habe ich mal gar keinen Bock. Wegen Blödheit gefallen und dann ab ins Krankenhaus. Am Besten noch vor den Augen aller Schüler. Etwa fünfzig Meter weiter kommt schon der nächste Pulk an. Wieder einige Machos dabei. Und wenn ich ehrlich bin, dann tut mein Fußgelenk schon gar nicht mehr so sehr weh. Ich bin ja lediglich umgeknickt. Nix gebrochen, nix gerissen, einfach nur umgeknickt.

„Geht schon." Ich richte mich wieder auf und humple los.

„Aus dir soll einer schlau werden."

„Ich bin gerade doof aufgetreten, deshalb tat es noch mal so weh. Hab echt gedacht, ich müsst jetzt kotzen." Ich versuche ein Lachen.

„Das hab ich auch gedacht", sagt Bastian und macht ein angeekeltes Gesicht.

Ich ignoriere das Stechen in meinem Gelenk und bin erstaunt, wie gut ich vorankomme. Die Truppe hinter uns muss ich nicht auch noch über mich ergehen lassen. Sicher kämen da wieder nur blöde Sprüche. Und wenn ich Pech habe, dann haben sie auch noch gesehen, wie Bastian mich gestützt hat. Ganz übel.

„Wow, bist ja wieder richtig flott!" Bastian macht große Augen.

„Tut trotzdem weh", antworte ich, „aber auf die da hinten kann ich gut verzichten."

Bastian sieht zurück und mault sofort wieder los. „Ich würde denen am liebsten einfach eins auf die Fresse geben."

„Sag mal, hast du heute leichte Aggros?"

„Nee, generell." Bastian lacht. „Du hast mir noch nicht gesagt, wie du das siehst."

„Was?"

„Na, das mit Andy."

„Was ist denn mit Andy?" Natürlich weiß ich sofort, worauf Bastian hinaus will. Verdammt, warum kann ich das mit dem Rotwerden nicht beeinflussen? Mir kann doch niemand in den Kopf gucken! Keiner wird je erfahren, dass ich schwul bin, es sei denn, ich sage es – oder ich werde weiterhin in den unpassendsten Momenten rot.

„Na, glaubst du nicht, dass er schwul ist?"

„Nee", sage ich spontan. Das ist eigentlich immer gut, wenn man Schwulsein selbst so abwegig findet, dass man es nicht mal irgendwelchen entfernten Bekannten zutraut. Abgesehen davon finde ich nicht, dass Andy einen schwulen Eindruck macht. Der ist einfach nur seltsam – nicht von dieser Welt. Zumindest habe ich mir noch nie Gedanken darüber gemacht, ob er schwul sein könnte. Und das will schon was heißen. Wenn mir manchmal langweilig im Bett ist, stelle ich mir so allerhand Jungs aus unserer Oberstufe nackt vor. Ganz schön interessant, was man da von seinem eigenen Körper für Signale bekommt. Also ich könnte sicher mit über der Hälfte schlafen. Dabei kann ich die meisten noch nicht mal leiden! Besonders komisch ist natürlich, dass ich mir eher vorstellen kann, mit jemanden Sex zu haben, den ich nicht leiden kann. Die Leute, die man kennt und mit denen ich tagtäglich zu tun habe, will ich nicht in meinem Bett haben. Zumindest ist mir noch keiner begegnet. Auch Bastian nicht …

„Also ich glaube schon, dass der schwul ist. Der sagt doch nie was und geht bei allen auf Abstand. Eigentlich ist der doch überhaupt nicht da."

„Deswegen muss man doch noch lange nicht ..." Ich breche ab, weil ich das Wort *schwul* nicht über die Lippen bekomme. Nicht ohne verschämt wegzusehen oder einen neuen Hitzeschub zu riskieren.

„Klar", sagt Bastian. Er ist einen Moment still und ich hoffe schon, dass das Thema damit vom Tisch ist. Aber dann spricht er doch weiter: „Mein Bruder hat mir das gesagt."

„Woher weiß der das denn?", frage ich sofort zurück. Zu spät wird mir bewusst, dass das genau die Frage ist, die Bastian wohl nicht hören will. Warum hätte er sonst vorher zögern sollen?

„Ich glaube, er hat ihn in irgendeinem Club gesehen." Bastian zuckte mit den Schultern, als wisse er selbst nicht, wie er sich das erklären soll.

„Ähm", mache ich, und dann entscheide ich mich doch lieber fürs Schweigen. Wenn es um Bastians Bruder geht, dann ist es ohnehin schon immer heikel. Sven ist drei Jahre älter und zumindest nach Bastians Einschätzung das absolute Ekelpaket. Eigentlich streiten sie sich nur, auch wenn ich das nie so ganz verstehe. Wenn ich einen älteren Bruder hätte, dann würde ich mir jedenfalls Mühe geben, mit ihm gut auszukommen. Mensch, Sven hat sogar schon einen eigenen Karren. Wenn sich Bastian nicht so anstellen würde, dürfte er sicher auch mal mit dem Wagen fahren, anstatt immer nur mit dem mickrigen Polo seiner Eltern. Aber das ist wohl eine ganz andere Geschichte.

„Humpelstilzchen und sein Beschützer", sagt plötzlich jemand hinter uns. Es war die Gruppe, die uns nun doch eingeholt hatte.

„Ey, willste deinen Freund nicht nach Hause tragen?", fragt einer an Bastian gerichtet und lacht.

Ich fühle mich sofort schuldig. Das tue ich immer, wenn Bastian in meiner Gegenwart ebenfalls aufgezogen wird. Er kann ja nichts dafür, schließlich bin ich ja das eigentliche Ziel. Jedenfalls glaube ich, dass sie Bastian in Ruhe lassen würden, wenn er nicht mit mir befreundet wäre.

„Halt einfach die Fresse, okay?", mault Bastian halbherzig zurück.

„Was haste gesagt?" Sofort bildet sich vor uns eine Front von Möchtegerngangstern.

„Noch ein Wort und du bist tot, Mann!"

„Klar, und wer will dafür sorgen? Du etwa?", mische ich mich ein, obwohl ich weiß, dass es absolut nicht klug ist.

„Was laberst du denn? Hat dich wer gefragt? Rede ich mit dir, Mann?"

„Reden nennst du das, was du dir da zusammenstotterst?" Ich spüre, dass mein Herz aussetzt. Jetzt ist es eh zu spät.

„Mann, willste auf die Fresse, oder was?"

„Kannste damit jetzt drohen, weil dich deine Freunde an die Hand nehmen?" Ich weiß, dass ich besser sofort aufhören sollte, aber ich kann nicht. Bastian steht hilflos dabei und traut sich nichts zu sagen. Jetzt gerade könnte jedes Wort ein Wort zu viel sein.

„Kann ich euch helfen, Jungs?", fragt plötzlich Herr Dornfels. Er hält mit seinem Wagen geradewegs neben uns. Der Dornfels unterrichtet Mathe in der Oberstufe und ist einer der wenigen Lehrer, die ich ab und zu in meine Fantasien mit einbeziehe, weil er ziemlich gut aussieht.

„Wir unterhalten uns nur", sage ich betont lässig.

„Ja?" Der Dornfels zieht eine Braue hoch. „Sieht mir nicht so aus. Ich schlage vor, dass ihr eure kleine Unterhaltung auflöst, bevor einer von euch dem Gespräch nicht mehr gewachsen ist."

Ich grinse über diese Spitze. Natürlich zielt das darauf ab, das ich bei einer Prügelei dafinitiv unterliegen würde. Aber es sagt eben auch, dass die andere Partei zu dämlich ist, um es beim Reden zu belassen.

„Du kriegst noch was auf die Fresse, ich schwör!", zischt mir mein Gegenüber zu. Dann drehen sie sich um und gehen weiter.

„Was war denn los?", fragt der Dornfels. Ich sehe Sorge auf seinem Gesicht. Ob er wohl weiß, dass er mich gerade eben vor einer sicheren Abreibung gerettet hat? *Ein Engel namens Dornfels*, schießt es mir durch den Kopf.

„Ach, die haben immer ein Problem", sagt Bastian derweil.

„Aber doch nicht einfach so, oder?"

„Für die sind alle schwul, die nicht zu ihrer Clique gehören, so einfach."

Schon wieder das Wort *schwul*. Das wird heute sicher das Wort des Tages.

„Ähm", macht der Dornfels, „es geht also um ..."

„Nein", wehrt Bastian sofort ab, „wir sind nicht schwul. Die haben sich das nur in den Kopf gesetzt." Er lacht.

„Aha." Der Dornfels sieht nicht überzeugt aus und guckt mich plötzlich so komisch an. Nur nicht rot werden! Er kann doch nicht wissen, dass Bastian bei seiner Einschätzung mich betreffend falsch liegt. Trotzdem spüre ich langsam die Hitze auf meine Wangen ziehen. Und je mehr ich mir darüber Gedanken mache, desto schlimmer wird es auch noch! Der Dornfels kommt auch nicht auf die Idee, weiterzufahren.

„Kann ich sonst noch was für euch tun?", fragt er schließlich. Mein Gesicht glüht regelrecht.

„Ja, vielleicht können Sie uns ein Stück mitnehmen", sagt Bastian.

„Das darf ich leider nicht ..."

„Nicht nur einfach so, Steph hat sich gerade langgelegt und jetzt kann er nur noch humpeln. Eigentlich wollte ich ja schon 'nen Arzt rufen, aber wenn Sie schon mal hier sind ..."

Der Dornfels sieht mich prüfend an. Wieder habe ich das Gefühl, dass er geradewegs in mich hineingucken kann. Richtig gruselig. Und meiner Gesichtsfarbe hilft das natürlich absolut nicht zur Normalität zurück. Aber was ist schon normal?

„Na gut", sagt Herr Dornfels schließlich und nickt uns zu.

Bastian schlägt mir auf den Rücken. Ich weiß schon jetzt, dass er mir die nächste Zeit vorhalten wird, wie toll er das doch geregelt hat. Am liebsten würde ich einfach weiterhumpeln.

„Soll ich euch zu einem Arzt fahren?", fragt der Dornfels auch schon, als wir im Wagen sitzen.

„Nein!", antworte ich sofort. „Ich hab mir nur den Fuß umgeknickt. Nichts weiter."

„Ach so", macht der Lehrer und schaut mich durch den Rückspiegel an. Natürlich hat sich Bastian den Beifahrersitz geschnappt. Soviel zur Rücksicht auf mich und meinen Fuß.

„Steph wohnt ja nicht weit von hier. Wenn's Ihnen keine Umstände macht ..."

„Nein", sagt der Dornfels, „das ist kein Problem." Dann sieht er wieder durch den Spiegel zu mir. „Aber wenn es nicht besser wird, würde ich schon einen Arzt aufsuchen."

„Klar", antworte ich artig. Ich weiß doch, was Lehrer hören wollen. Und da bildet der Dornfels keine Ausnahme, auch wenn er noch einer der jüngeren Lehrer ist. Der Blick entgeht mir dennoch nicht. Irgendwas ist ihm an mir aufgefallen. Aber was bloß? Ist er vielleicht selbst schwul und kann das bei anderen erkennen? Davon habe ich ja schon öfter gehört. Aber mindestens genauso oft wird das auch wieder dementiert. Homosexualität kann man nicht einfach so erkennen, wenn die Betreffenden ganz normal aussehen. Und ich sehe doch normal aus, oder nicht? Ich meine, ich hab mich doch erst heute morgen im Spiegel gesehen. Nichts, was mich jetzt total umhauen würde, aber trotzdem – ganz normal eigentlich. Im Grunde kann ich mit mir zufrieden sein. Bin ich natürlich trotzdem nicht, logisch. Aber ich könnte. Und da kann der Dornfels jetzt denken was er will, wissen kann er es einfach nicht. Erst recht nicht, dass ich ihn mir ab und zu nackt vorstelle, wenn ich im Bett liege.

Bastian hat in der Zwischenzeit tatsächlich wieder angefangen von Maike zu schwärmen. Ich glaub das einfach nicht. Kennt dieser Typ eigentlich keine Gnade? Wenn es eine Sache gibt, die mich an Bastian wirklich stört – abgesehen von seinem Gelaber über Mädchen –, dann ist es sein Verhalten gegenüber Lehrern. Irgendwie tut er ständig so, als stünde er mit ihnen auf einer Stufe. Das jetzt gerade ist wieder der beste Beweis. Niemand außer ihm würde vor dem Dornfels seine heimlichen Gefühle für jemanden breittreten. Aber Bastian, der schafft so was.

Und womöglich ist ihm das nicht mal bewusst.

„Du bist so ruhig, Stephen", sagt der Dornfels plötzlich und beobachtet mich wieder im Rückspiegel.

„Einfach nur Steph", antworte ich sofort. Ich kann meinen richtigen Namen nämlich nicht leiden. Weiß auch nicht, was meine Eltern sich dabei gedacht haben. Bei Amerikanern klingt *Stephen* ja vielleicht noch okay, aber in Deutschland? Mit *Steph* komme ich dafür ganz gut klar.

„Gut, Steph, du bist trotzdem recht still." Der Dornfels lässt nicht locker. Wahrscheinlich geht ihm gerade durch den Kopf, dass mich Bastians Gerede über Maike tierisch nerven muss. Recht hat er, wenn er das denkt. Aber äußern werde ich mich dazu bestimmt nicht.

„Mein Fuß tut weh, da habe ich jetzt nicht gerade das Bedürfnis, den Clown zu spielen", sage ich und merke sofort, dass es ein wenig patzig klingt.

„Entschuldige", gibt der Dornfels zurück und schaut auch nicht mehr zu mir nach hinten. Irgendwie ahne ich aber trotzdem, dass er es nicht dabei bewenden lässt. Zumindest nicht auf lange Sicht. So jung der Dornfels auch ist, er gehört zu den Lehrern, die sich gleich über alles Sorgen machen müssen. Eigentlich ist das ja nicht schlecht, wenn jemand so aufmerksam ist. Aber es kann auch leicht nerven. Als ich zweimal meine Hausaufgaben nicht hatte, musste ich tatsächlich nach der Schule zu ihm ins Büro, um mit ihm über meine Probleme zu reden. Für ihn ist es ganz selbstverständlich, dass man Mathe nicht nur aus Faulheit sausen lässt, sondern ein wichtiger Grund dahinterstecken muss. Jetzt fällt mir wieder ein, dass ich ihm damals gesagt habe, dass ich mich halt zeitweise nicht so wohl fühle. Depressionen und so. Ist ja gerade modern. Wahrscheinlich behält er mich deshalb jetzt so im Auge. Das wär natürlich eine Erklärung.

„So, da sind wir", sagt der Dornfels und reißt mich damit aus meinen Gedanken. Tatsächlich steht er schon in meiner Straße. Erst jetzt wird mir bewusst, dass Bastian ihn die ganze Zeit gelotst hat, während er Maike langsam aber sicher zum tollsten Mädchen der Welt aufgebauscht hat. Eigentlich wäre das ja meine Aufgabe gewesen. Also das mit der Wegbeschreibung. Aber ist schon recht so, immerhin hat sich Bastian auch nach vorn gesetzt.

„Danke", nuschle ich beim Aussteigen.

„Kein Problem", sagt der Dornfels und schaut mich noch mal so intensiv an. „Können wir uns vielleicht morgen in meinem Büro sehen?", fragt er dann.

Ich hab's ja gewusst! „Morgen?", frage ich dümmlich zurück.

„Wenn das nicht geht, dann halt irgendwann die Tage."

Bastian guckt mich neugierig an. Um die Situation abzukürzen, nicke ich einfach. „Ich komme vorbei."

„Gut", sagt der Dornfels und sieht zufrieden aus. Womöglich denkt er, dass er dann morgen oder die Tage nur mit dem Finger schnippen braucht und all meine Probleme damit vom Tisch fegt. Praktisch wär's. Und natürlich muss er dafür lediglich wissen, was meine Probleme sind. Aber nur in seiner Fantasie werde ich ihm alles haarklein erzählen ...

Der Dornfels fährt weiter. Bastian nickt ihm noch ganz kumpelhaft zu. Warum stört mich das eigentlich so sehr?

„Schaffste das Stück allein?", fragt er mich dann.

Ich bin ein wenig verdutzt, weil ich irgendwie damit gerechnet hab, dass er noch mitkommt. „Musst du nach Hause?"

„Ich wollte einen Brief schreiben. Für Maike."

Natürlich, was auch sonst. „Gut", sage ich, bevor er auf die Idee kommt, dass ich ihm bei dem Brief helfen soll. Das halten meine Nerven nämlich nicht aus.

„Obwohl ...", fängt er auch schon an.

„Ich schaff das schon! Kein Problem", sage ich schnell.

Jetzt sieht er ein wenig verunsichert aus.

„Gut", lächelt er dann. „Bis morgen, okay?"

„Bis morgen."

„Und ..." Bastian druckst einen Moment herum. Ich weiß schon, was er will. „Könntest du meinen Brief an Maike morgen mal lesen?"

„Klar", presse ich zwischen zusammengebissenen Zähnen hervor.

2

Oben sitze ich eine Weile gelangweilt herum. Ich weiß nicht, was ich machen soll. Bastian fehlt mir schon ziemlich. Und mein Zimmer wirkt in letzter Zeit viel kleiner auf mich, als es eigentlich ist. Wenn nur nicht dieses Problem mit Maike wäre. Aber so, wie Bastian momentan drauf ist, kann ich ihn einfach nicht auch noch in meiner Freizeit ertragen. Ich glaube, er merkt es auch ein bisschen. Wenigstens gibt es einen Lichtblick am Horizont: Wenn Bastian morgen wirklich einen Brief für Maike dabei hat, dann hört ja zumindest die heimliche Schwärmerei auf – wenn ich Glück habe. Aber ob der nächste Schritt dann wirklich besser sein wird, das bleibt abzuwarten. Anstatt der Liebesschwüre habe ich dann vielleicht ein verliebtes Pärchen um mich herum. Oder noch schlimmer: Bastian hat erst recht keine Zeit mehr für mich, weil er sich dann um seine Freundin kümmern muss. Und andersrum kann ich mir dann sicher die nächsten zwei Wochen anhören, wie niedergeschlagen er doch ist, weil Maike nichts von ihm will. Grausam. Aber zumindest wird es irgendwann ein Ende haben. Und mir bleibt zu hoffen, dass er sich dann nicht in die Nächste verguckt.

Unschlüssig setze ich mich an den Computer. Bislang habe ich erst ein einziges Mal so getan, als hätte ich mich in ein Mädchen verliebt. Jasmin, ein Jahr unter uns. Irgendwie hatte ich das Gefühl, dass ich Bastian beweisen muss, dass ich genauso ticke wie er. Und es hat letztlich nicht sein Ziel verfehlt. Aber wenn ich ehrlich bin, war es einfach nur anstrengend, die ganze Zeit einen auf verliebt zu machen, nur damit Bastian mich für normal hält. Was ist schon normal? Na, jedenfalls ist die ganze Sache dann doch ziemlich nach hinten losgegangen, weil Jasmin sich tatsächlich mit mir treffen wollte. Das war ein Schock! Natürlich habe ich zugesagt, bin dann aber im letzten Moment krank geworden, sodass nichts draus werden konnte. Und damit war die Geschichte erledigt. Weder Bastian noch Jasmin haben je wieder gefragt. Na ja, Jasmin guckt mich seit der Sache immer ziemlich eisig an, wenn wir uns mal begegnen. Kein Krieg ohne Verletzte.

Lustlos checke ich meine E-Mails. Wieder nur Spam. Ich verstehe gar nicht, wie die immer an meine Adresse kommen. Viagra, girls von nebenan, Online-Casinos, supergünstige Software ... Ich markiere den ganzen Mist und lösche ihn. Dann ist mein Postfach wieder leer. Und jetzt?

Es ist echt nicht zum Aushalten! Was habe ich denn gemacht, bevor ich Bastian kannte? Ich kann mich irgendwie gar nicht mehr recht dran erinnern. Bastian und ich kennen uns schon seit der Fünften. Unsere damalige Klassenlehrerin hat uns nebeneinander gesetzt und damit war das besiegelt – bis heute. Natürlich sind wir auch öfter mal mit anderen Leuten zusammen, aber am Besten ist es immer noch, wenn wir einfach zu zweit was unternehmen. Radfahren, Skaten, Schwimmen. All so was, was allein keinen Spaß macht.

Einen Moment überlege ich, ob ich allein zur Tischtennisplatte gehen soll. Da hängt eigentlich immer wer rum. Bastian und ich sind da manchmal, wenn wir nicht wissen, was wir tun sollen. Jetzt bin ich es, der nicht weiß, was er tun soll. Aber der Gedanke, allein da aufzukreuzen, kommt mir irgendwie komisch vor. Wenn ich ehrlich bin, werde ich da doch nur akzeptiert, wenn Bastian dabei ist. Ich bin mir sicher, dass niemand mit mir reden würde, wenn ...

Pling! Mein Mailprogramm gibt Laut, dass ich gerade eine Nachricht empfangen habe. Von Carsten, ohne Betreff. Ich kenne keinen Carsten. Trotzdem klicke ich auf die Mail. Ein nackter Kerl lächelt mich plötzlich an. In roter Schrift blinken mich die Worte *Gay-Porn* und *come in!* an. Ich schiebe die Spam-Nachricht in den Papierkorb. Ob wohl jeder Spam für schwule Pornoseiten bekommt? Ich bin mir nicht sicher. Mein Vater sagt immer, dass die im Netz ohnehin alles herausfinden können. Dann wissen die vielleicht auch, dass ich schwul bin. Immerhin besuche ich ja ab und an solche Seiten. Natürlich nur die Kostenlosen! Oder ich chatte mit irgendwem und tausche dann Bilder. Da gibt es eigentlich in jedem Schwulen-Chat immer jemanden, der sich darauf einlässt. Mitunter bekommt man da echt interessante Sachen!

Weil ich nicht weiß, was ich mit dem Tag noch anfangen soll, surfe ich einen Gay-Chat an und logge mich ein. Damit kann man wenigstens ein bisschen Zeit rumbekommen. Ein wirklicher Ersatz für Bastian ist es aber nicht.

LonelyBoy: hi zusammen

Obwohl ich weiß, dass sich eigentlich niemand wirklich für den offenen Chat interessiert, schreibe ich eine kurze Begrüßung rein. Und im nächsten Moment springt auch schon ein privates Chat-Fenster auf:

Hammerhart69: was suchste???
LonelyBoy: keine ahnung und du?
Hammerhart69: bock auf live???
LonelyBoy: nee
Hammerhart69 hat den privaten Chat beendet

Lustlos sehe ich mir die Liste aller Chatter durch, ob vielleicht ein Nickname heraussticht. Die meisten haben aber Namen, die darauf schließen lassen, dass sie nur Sex im Kopf haben. Das ist ja nicht wirklich schlimm, trifft aber meinen Gefühlszustand momentan so was von gar nicht. Am liebsten würde ich mich einfach nur unterhalten. Dafür bin ich aber in einem Gay-Chat eher fehl am Platz. Ist schon komisch, wie sehr mir Bastian fehlt. Fast fühlt es sich so an, als hätte mein Leben von einem Moment auf den nächsten aufgehört. Maike hat mir meinen Freund ausgespannt! Und erst jetzt fällt mir auf, wie arm ich eigentlich bin. Im Grunde bin ich ebenso ein Außenseiter wie Andy. Nur dass ich eben einen einzigen Freund habe, der mich davor bewahrt, ganz in die Außenseiterwelt abzurutschen. Gruseliger Gedanke. Wenn schon keiner mit mir reden will, vielleicht sollte ich dann doch ein wenig Cyber-Sex in Betracht ziehen?

PornoPaul: hi einsamer boy!

Einen Augenblick betrachte ich das neue Chatfester. PornoPaul! Ich muss schmunzeln. Irgendwie ist der Name ja schon witzig. Und vielleicht verbirgt sich dahinter ja zur Abwechslung mal ein richtiger Mensch.

LonelyBoy: hi pornöser paul! *gg*
PornoPaul: pornös *lol* bin eigentlich gar nicht sooo pornös. nur ab und zu ;)
LonelyBoy: na, das ist doch mal sympathisch *freu*
PornoPaul: ganz ohne porno geht halt nicht ;) aber ansonsten bin ich dafür, dass man auch miteinander reden kann, ab und zu halt *fg*
LonelyBoy: reden klingt gut

Kaum habe ich den Satz abgeschickt, bereue ich es auch schon. Ich kenne diesen PornoPaul doch gar nicht. Jedenfalls, und das habe ich schon herausgefunden, gibt es im Internet eigentlich keine echten Menschen. Zumindest keine, mit denen man wirklich reden kann. Da macht PornoPaul sicher auch keine Ausnahme.

PornoPaul: gut, worüber willste denn reden?

Ich zögere. Es macht doch eigentlich gar keinen Sinn, jetzt mit irgendwas anzufangen. Ich werde den Menschen hinter dem Nick doch eh nie kennenlernen. Allein der Gedanke, dass ich jemandem offen schwul gegenübertrete, lässt mir ja schon die Haare zu Berge stehen.

Ich bin einfach nicht der Typ, der das so locker nehmen kann. Also, wozu darüber reden?

PornoPaul: biste noch daaa???
LonelyBoy: ja, sorry
PornoPaul: nervös?
LonelyBoy: nee, warum?
PornoPaul: aber unsicher! ;)
LonelyBoy: schon
PornoPaul: ich beiß nicht, versprochen – es sei denn, du willst es *fg*
LonelyBoy: klar
PornoPaul: oder willste nicht mehr reden?
LonelyBoy: weiß nich

Irgendwie habe ich keine rechte Lust mehr. Ich kann mir einfach nicht vorstellen, dass es diesmal anders läuft. Als nächstes fragt er mich doch sicher nach meiner Telefonnummer, weil er mich anrufen will – oder nach einem Treffen ...

PornoPaul: wenn du willst können wir auch telen
PornoPaul: ist vielleicht einfacher
PornoPaul: hallo???

Ich beschließe, einfach nicht mehr zu antworten. In mir macht sich allmählich eine unangenehme Unruhe breit. Was soll ich heute bloß machen? Chatten ist total daneben, auf Schulkram hab ich absolut keinen Bock und Bastian – na, vielleicht ist Bastian trotz aller Nerverei doch noch am erträglichsten. Mich selbst halte ich jedenfalls gerade nicht wirklich aus.

PornoPaul: wenn du nicht willst, ist das okay
PornoPaul: wir können auch gern im chat quatschen
PornoPaul: wenn du willst

Und jetzt fühle ich mich auch noch beschissen, weil ich PornoPaul hängen lasse. Wer weiß es schon, vielleicht ist das ausgerechnet der eine Chatter, der es nicht verdient hat, dass man ihn einfach so wegklickt. Trotzdem tue ich es. Der Browser faltet sich zusammen und ich fahre den Computer herunter. Dann greife ich zum Telefon. Es klingelt genau drei Mal.

„Ja?", fragt Bastian ein wenig außer Atem.

„Mir ist langweilig", falle ich gleich mit der Tür ins Haus.

„Komisch, gerade wolltest du mich noch loswerden."

„Ja, sorry, ich hab irgendwie ..."

„... deine Tage!", beendet Bastian den Satz und lacht. „Du bist manchmal echt schlimmer als ein Weib!"

„Ach weißt du, vielleicht ist mir doch nicht so langweilig."

„Nee, warte! Weißt doch, wie ich das meine!"

„Ja", grummle ich. „Und? Ist der Brief an Maike schon fertig?"

„Quatsch, du weißt doch, wie lahm ich bei so was bin. Und mir fällt auch kein Anfang ein. Ich mein, ich will ja nicht, dass es irgendwie – komisch wirkt."

„Das wird es bestimmt nicht", sage ich ein wenig spitz.

„Hey! Du sollst mir helfen!"

„Tu ich doch!"

„Wenn ich bei Maike vergeige, dann weiß ich nicht mehr, was ich tun soll! Das muss einfach klappen!"

Ich verdrehe die Augen. Die nächsten paar Sätze kommen gar nicht bei mir an, weil mein Gehör sich automatisch abgeschaltet hat. Das tut es ja gern, wenn Bastian zu viel vom gleichen Mädchen labert. Und doch merke ich, dass mich dieses Gelaber irgendwie ablenkt. Was für eine beschissene Welt! Da hängt mir die Schwärmerei meines besten Freundes schon seit Tagen zu den Ohren heraus, und bei der erstbesten Gelegenheit halte ich es nicht mehr ohne aus. Eigentlich könnte ich ausflippen! Für normal würden Bastian und ich jetzt irgendeinen Mist machen, wir würden über tausend Dinge quatschen und lachen und vielleicht was trinken. Aber seit Maike geht gar nichts mehr. Ich bin total frustriert. Ein wenig wie eine Hausfrau, denke ich und muss grinsen. Aber so ist es. Mit Bastian geht nicht, aber ohne auch nicht. Schrecklich!

„Hörst du mir überhaupt zu?", fragt Bastian plötzlich. Ich habe wohl zu lange geschwiegen.

„Klar", sage ich automatisch. „Tolle Augen!", wiederhole ich die letzten Worte, die mein Kurzzeitgedächtnis gespeichert hat. „Augen sind immer ein guter Einstieg."

„Einstieg?", fragt er verblüfft zurück.

„Na, du suchst doch einen Anfang, oder?" Ich kneife die Augen zusammen und warte angespannt auf die Reaktion. Hoffentlich passt das zum Rest von Bastians Ausführungen, den ich nicht mitbekommen habe.

„Ach ja, mmh, das wär ’ne Idee”, sagt er endlich und ich atme auf. Noch mal davongekommen.

„Willst du mir wirklich nicht helfen? Du kannst das doch sicher besser!”, fragt er nun.

„Wie kommst du denn darauf, dass ich so was besser kann?”

„Na, weil ...” Er druckst herum. Irgendwie geht mir die Begründung *weil du schwul bist* im Kopf herum.

„Von mir aus!”, sage ich schnell, bevor Bastian irgendwas loslässt, was vielleicht nicht so förderlich wäre für unsere Beziehung.

„Super! Kommst du sofort?”

„Ja”, knurre ich, „und wehe du nervst mich danach jemals wieder mit deiner Maike!”

„Nerve ich dich?”, fragt Bastian erschrocken.

„Nein”, leugne ich. Aber irgendwie klingt es in meinen Ohren alles andere als glaubwürdig.

„Dann ist ja gut. Ich dachte schon ...”

Ich seufze innerlich. Vielleicht wäre es ja doch keine so schlechte Idee, wenn ich Bastian einfach die Wahrheit sage. Zumindest würde ich dann bedeutend weniger Maike in meinem Gehörgang haben. Aber sind Freunde nicht auch dazu da, dass sie die seltsamen Phasen gegenseitig ertragen? Und wenn Bastian mit seiner Maike durch ist, vielleicht komme ich dann ja irgendwann mal mit PornoPaul. Bis dahin wird Bastian aber noch sein Konto bis ans Limit überziehen und ich muss im Anschluss sicher monatelang von PornoPaul schwärmen. Verrückter Gedanke!

„Biste schon weg?”, fragt Bastian irritiert.

„Ja”, antworte ich, „also, nein, ich bin – ach, ich bin unterwegs. Bis gleich!” Ich schüttle über mich selbst den Kopf und lege auf. Glücklicherweise ist Bastian viel zu sehr mit seiner Maike beschäftigt, dass er meist gar nicht mitbekommt, wenn ich gedanklich längst wieder abdrifte.

Einen Moment sitze ich an meinem Schreibtisch und starre in die Luft. Eigentlich ist es doch voll schwachsinnig, jetzt zu Bastian zu fahren. Ich will ihm doch eh nicht zuhören, geschweige denn helfen. Ich habe nur keine Lust, allein zu sein, weil ich die ganzen Gedanken ans Alleinsein nicht ertrage. Aber wird das wirklich besser, wenn ich mir das Geträume von Bastian reintu?

Ich denke wieder an PornoPaul. Einen Augenblick bin ich echt versucht, den Rechner noch mal anzuschmeißen, um doch noch mit dem Fremden zu reden. Aber das würde sicher genauso viel bringen, wie ein Nachmittag mit Bastian. Allerdings würde es dann nicht um Maike gehen, sondern um mich – oder vielmehr Bastian, der mich ja wegen Maike gerade verlässt. Wie absurd!

Entschlossen stehe ich auf und mache mich auf den Weg.

3

„Hi", sagt Sven, Bastians Bruder, als er mir aufmacht.

„Hi", antworte ich ein wenig irritiert.

„Bas ist in seinem Zimmer. Hat wohl schwer was zu tun", klärt mich Sven mit belustigter Miene auf. „Du bist wohl die seelische Unterstützung, was?"

Ich grinse gequält. „Sieht so aus."

„Mein Mitleid!" Mit den Worten lässt mich Sven im Flur stehen und verschwindet in seinem Zimmer. Eigentlich ist es ja total untypisch, dass man Sven mal zu Gesicht bekommt – oder ihn reden hört. Sonst ist er meist unterwegs oder macht sich gerade voll geschäftig für irgendeine Party fertig. Wenigstens hat er Freunde, im Gegensatz zu mir. Und das, obwohl er ja möglicherweise auch schwul ist. Aber den Gedanken verdränge ich besser gleich. Tabuzone! Bastian wird immer total komisch, wenn man auch nur ansatzweise etwas in die Richtung sagt. Schwulsein ist vielleicht okay, aber nicht in der eigenen Familie.

Ich klopfe bei Bastian an.

„Komm rein!"

Ich öffne die Tür und sehe Bastian am Schreibtisch inmitten von einem Papierwust. Sicher zwanzig Papierknäuel liegen um ihn herum.

„Hier", sagt er und schiebt ein paar Blätter in meine Richtung. „Kannst mal schauen, was du von den Anfängen hältst."

„Warum schreibst du nicht am PC?", frage ich entgeistert.

„Was? Bist du verrückt? So was schreibt man doch auf Papier!"

Überrascht sehe ich, dass Bastian auch mit Füllfederhalter schreibt. Ich bin baff! Zuletzt habe ich ihn in der siebten Klasse mit Tinte schreiben sehen. Seit dem kritzelt er immer nur mit Kuli – zumindest in der Schule. Alles für Maike. Mir wird schlecht. Das ist doch nicht mehr mein bester Freund!

„Wer bist du? Und was ist mit meinem Freund passiert?", frage ich, obwohl ich weiß, wie dämlich dieser Scherz ist.

Bastian sieht mich ruhig an. „Ich wusste nicht mal, dass du einen Freund hast", sagt er schließlich und grinst. „Da hast du mir wohl was verschwiegen."

Ich spüre, wie mein Gesicht heiß wird. Na toll, das war ja wohl mal eine klasse Vorlage. Treffer, versenkt.

„Mir egal, wie du schreibst, Hauptsache du kommst langsam mal zu Potte", gebe ich schnell zurück, um den peinlichen Moment zu überspielen. Hoffentlich bemerkt er nicht, dass ich rot werde.

„Warum wirst du denn jetzt rot?", fragt Bastian auch gleich und grinst noch breiter. Natürlich weiß er, dass ich jetzt erst recht rot werde. Das ist seine Strafe, weil ich mich über ihn lustig gemacht habe. Aber ist doch auch nicht normal, plötzlich mit Füller zu schreiben, nur weil Maike tolle Augen hat und was weiß ich ...

„Hör mit dem Scheiß auf", sage ich und versuche damit von mir abzulenken. „Wenn du weiter nur Anfänge schreibst, dann kommst du jedenfalls nie zum Ende. Und wär doch schade, wenn Maike nicht von deinen tiefschürfenden Gefühlen erfährt, oder?"

„Weißt du, manchmal bist du echt ein Arsch." Bastian taucht wieder in seinen aktuellen Brief. Ich sehe förmlich, wie er sich aus der realen Welt verabschiedet und wieder ganz bei Maike ist. Zumindest ist damit auch die Sache mit dem Freund vom Tisch. Keine Ahnung, was sich Bastian dabei denkt. Ob er wohl wirklich in Betracht zieht, dass ich schwul sein könnte? Und wie würde er auf die Wahrheit reagieren? Immerhin ist es ja offenbar schon bei seinem Bruder ein Problem. Und mit mir hat er eindeutig mehr zu tun als mit Sven ...

„Willst du mir jetzt helfen?", fragt Bastian.

„Was hast du denn?", frage ich zurück und lasse mich auf sein Bett fallen.

„Hey! Was machst du?"

„Ich muss liegen, wenn ich mir den Kram anhöre", antworte ich lapidar und schließe die Augen.

Bastian schweigt einen Augenblick. Wahrscheinlich ist es ihm unangenehm, seinen Brief vorlesen zu müssen. Aber das interessiert mich nicht. Wenn ich mir das schon reinziehen muss, dann will ich es wenigstens hören und nicht lesen müssen.

„Deine Augen", fängt Bastian zögerlich an, „sind wie das Meer, so weit und tief." Er bricht ab und wartet.

„Ja?", frage ich und hebe den Kopf.

„Wie ist das?"

„Willst du mir jetzt sagen, dass du noch nicht mehr auf die Kette bekommen hast?"

„Na ja", druckst Bastian herum, „ich kann dir ja auch die anderen Briefe vorlesen."

„Anfänge!", korrigiere ich und lasse meinen Kopf wieder sinken. Das verspricht doch mal ein langer Nachmittag zu werden.

„Vorher habe ich halt ähnliche Anfänge", sagt Bastian.

„Vorlesen", gab ich genervt zurück.

„Deine Augen sind das Meer, in das ich eintauchen will, wenn du mich lässt."

Stille. In mir kitzelt ein Lachen.

„Deine Augen sind so blau, dass ich mich nicht zu fragen trau, ob du ..."

Ich lache los. Das ist nun wirklich zu viel!

„Was ist?", fragt Bastian entsetzt.

„Das geht nicht!", lache ich, „oder willst du, dass Maike stirbt?"

„Was?"

„Na, die lacht sich doch tot!"

„Ja, wie soll ich denn sonst anfangen?"

„Jedenfalls nicht mit dämlichen Reimen." Noch immer sitzt mir das Grinsen im Gesicht und ich kann nichts dagegen tun. Bastian aber sieht gar nicht so amüsiert aus.

„Weißt du, wenn du nur zum Lachen gekommen bist, dann verschwinde besser."

„Jetzt sei doch nicht so", entgegne ich und versuche mein Grinsen im Zaum zu halten.

„Es gibt noch ganz andere Dinge, über die man sich lustig machen könnte", sagt Bastian drohend.

Wieder so eine seltsame Anspielung. Ich schlucke.

„Na?", fragt Bastian herausfordernd.

„Ich will mich nicht über dich lustig machen", fange ich vorsichtig an. Aber das Gesagte schwirrt noch durch meinen Kopf. Ich werde das Gefühl einfach nicht los, dass Bastian irgendwas weiß. Dabei hat er mir doch erst noch vorhin gesagt, dass er mich nicht für schwul hält.

„Wenn ich dich nerve, dann sag es einfach, okay? Aber ich habe keinen Bock auf so 'ne Scheiße hier! Warum bist du eigentlich vorbeigekommen?"

Ja, das frage ich mich auch gerade. Ich setze mich auf und sehe Bastian an. Er ist wirklich wütend auf mich. Kenne ich gar nicht von ihm.

„Tut mir leid", sage ich leise. „Vielleicht nervt mich die Sache mit Maike ja doch ein wenig."

„Du bist eifersüchtig!"

Ich schweige peinlich berührt. Natürlich hat Bastian damit vollkommen recht. Aber ich hätte nicht damit gerechnet, dass es ihm tatsächlich auffällt. Immerhin bin ich ja selbst quasi erst gerade darauf gekommen.

„Mensch, vor Maike haben wir immer was zusammen gemacht. Das fehlt mir. Und immer Maike, Maike, Maike ..." Ich bin überrascht über meine Ehrlichkeit. Aber das ist wahrscheinlich auch der einzige Weg, jetzt einigermaßen vernünftig aus der Sache herauszukommen. Wenigstens denkt sich Bastian dann nichts Schlimmeres – von wegen Schwulsein, oder dass ich in ihn verliebt bin oder was.

„Was haben wir denn schon zusammen gemacht?", fragt Bastian mürrisch. „Mit anderen oder allein abhängen, labern, saufen, toll."

Ich spüre, wie sich mir die Kehle zuschnürt. Ist ihm das denn alles nichts wert? Zumindest klingt es gerade so, als würde er mich liebend gern gegen Maike eintauschen. Mit der kann man nämlich, wenn alles gut läuft, auch Sex haben, was mit mir natürlich nicht geht. Plötzlich schieben sich seltsame Bilder in meinen Kopf. Von Bastian und mir und ... Ich versuche sie zu verdrängen.

„Es ändert sich doch nichts, wenn ich eine Freundin habe", sagt Bastian schließlich und legt einen aufmunternden Gesichtsausdruck auf. Wahrscheinlich glaubt er selbst nicht an das, was er mir da gerade verspricht.

Ich lache auf. „Wir sind doch im Grunde schon mitten drin in der Veränderung. Maike, Maike, Maike. Du redest von nichts anderem mehr. Und wenn ihr dann erst zusammen seid, dann wird es sicher noch schlimmer. Verdammt, bestimmt hast du dann überhaupt keine Zeit mehr für mich. Und wenn wir uns dann mal treffen, schleifst du Maike sicher auch noch mit."

Bastian sieht mich groß an. Erst jetzt werde ich mir richtig bewusst, was ich da gerade losgelassen habe. Aber nun ist es raus. Zurück geht nicht mehr.

„Ich weiß gar nicht, wo du das Problem siehst", sagt Bastian lahm. „Ich – ich, will doch nur ..." Er stockt.

Ich habe gerade auch keine Ahnung, was ich noch sagen soll. Mir liegt das Gesagte ohnehin schon schwer im Magen. Jetzt weiß Bastian also, dass ich eifersüchtig bin, gut, das ist ja noch nicht so wild. Aber irgendwie habe ich gerade das Gefühl, dass sich in seinem Kopf der Faden weiterspinnt. Nicht mehr lange und er denkt wirklich ernsthaft darüber nach, ob ich nicht in ihn verliebt sein könnte. Ich muss etwas sagen! Ich muss ihn von seinen Vermutungen abbringen! Aber wie nur? Ich will es ja nicht noch schlimmer machen.

„Vielleicht übertreibe ich ja auch nur", sage ich schließlich und hoffe, dass ich damit ein wenig an Brisanz aus der Sache nehme.

„Das würde ich aber auch mal sagen", gibt Bastian zurück. Noch immer sieht er ein wenig erschrocken aus. „Man kann ja fast Angst bekommen." Er versucht zu lachen, was ihm aber nicht gelingt.

„Weißt du, außer dir hab ich halt niemanden ...", versuche ich mich noch ein wenig zu erklären. „Wenn du erst mit Maike zusammen bist, dann ..." Ich breche ab.

Bastian macht einen Eindruck, als wäre er hin- und hergerissen. „Wie wäre es denn", fängt er zögerlich an, „wenn wir dir auch eine Freundin besorgen? Dann können wir zu viert was unternehmen."

Ich schlucke. Na klar, wahrscheinlich kommt er gleich wieder mit Jasmin an und fragt, warum das damals nicht geklappt hat. Ich überlege schnell, was wohl jetzt das Beste wäre. Einfach zustimmen und damit den Homoverdacht wieder von mir weisen? Oder soll ich ablehnen und weiterhin auf unsere enge Freundschaft pochen, mit der Gefahr, dass er mich irgendwann wirklich für schwul hält. Ich weiß es nicht.

„Keine gute Idee?", fragt er nach einer Weile.

„Ich glaub, ich muss jetzt gehen", antworte ich und stehe auf.

Bastian sieht mich jetzt wieder erschrocken an. „Was denn?"

„Ich – ich habe einfach keine Ahnung. Mir ist irgendwie – nicht gut, okay?"

„Und was ist mit meinem Brief?"

„Das schaffst du schon", antworte ich, weil ich mir einfach nicht vorstellen kann, dass ich ihm bei diesem bescheuerten Brief helfen kann. Wenn ich schon daran denke - *Deine Augen sind das Meer, in das ich eintauchen will, wenn du mich lässt* –, dann wird mir schlecht.

„Du bist ein Arsch, weißt du das?", schreit Bastian plötzlich. Wütend springt er auf.

Ich weiche überrascht zur Tür zurück.

„Im Grunde willst du doch gar nicht, dass ich mit Maike Glück habe! Dich interessiert nur, ob ich mich weiterhin um dich kümmere, damit du nicht genauso Scheiße dran bist, wie dieser Andy."

Ich sehe meinen besten Freund einen Augenblick geschockt an. Ist das gerade wirklich passiert?

„Worauf wartest du?", fragt Bastian sauer.

Wie in Trance drehe ich mich um und öffne die Tür. Der Vergleich zu Andy hat mich vollkommen paralysiert. Blind stolpere ich in den Flur.

„Was ist denn bei euch los?", fragt Sven plötzlich. „Ehekrach?"

„Halt die Fresse!", schnauzt Bastian sofort los und schiebt mich zur Haustür.

In meinem Magen dreht sich alles. So kenne ich meinen Freund gar nicht. *Ehekrach?*, höre ich Svens spitze Frage wieder in meinem Kopf. So ganz unrecht hat er damit ja nicht. Aber die Stichelei trägt sicher nicht dazu bei, die Stimmung zwischen mir und Bastian zu verbessern.

„Mein Gott, du hast ja 'ne Laune!", sagt Sven.

„Fresse!", wiederholt Bastian.

Und dann bin ich auch schon im Hausflur. Kurz überlege ich, ob ich mich einfach entschuldigen soll, immerhin ist Bastian doch nicht nur mein bester, sondern auch mein einziger Freund. Aber dann fallen mir wieder die ganzen Anspielungen ein. Vielleicht glaubt er ja wirklich dran, wer weiß es schon – oder er will mich nur verletzten damit, weil ich seine Maike nicht so toll finde ...

Doch bevor ich mich überhaupt entscheiden kann, knallt die Wohnungstür auch schon ins Schloss und ich stehe allein im Treppenhaus. Ich kann immer noch nicht glauben, dass das alles gerade passiert ist. So kenne ich Bastian einfach nicht. Egal was es war, wir haben uns nie wirklich gezofft. Und jetzt das.

Wie benommen bleibe ich noch eine Weile stehen. Wenn ich es recht bedenke, dann haben Bastian und ich uns eigentlich noch nie gestritten. Ich habe mir immer brav seine Schwärmereien angehört und er hat mir dafür allein mit seiner Freundschaft ein höheres Ansehen bei den anderen verschafft. Die perfekte Symbiose. Nur, was hat Bastian eigentlich von mir, wenn ich ihm nicht geduldig zuhöre? Natürlich, er sagt mir ab und zu, dass ich witzig bin und dass ich die besten Storys auf Lager habe und so weiter. Aber das ist doch nicht wirklich etwas, worauf man eine Freundschaft bauen kann, oder? Im Grunde sind

Bastian und ich nichts weiter als lockere Bekannte – nur, dass wir uns beinahe täglich sehen und stundenlang miteinander abhängen können. Aber mit wem kann man das nicht? Ich meine, Bastian hat es doch garantiert nicht nötig, mit mir ...

Und da geht die Tür vor mir wieder auf und Sven eilt heraus. Er ist schon ein paar Stufen die Treppe hinunter, als er überrascht stehen bleibt und mich ansieht.

„Was machst du denn noch hier?", fragt er verblüfft.

Ja, was mache ich eigentlich hier? Ich hätte längst an der Bushaltestelle sein können. Aber nein, ich stehe lieber verloren im Treppenhaus herum und spinne mir was über Freundschaft zusammen.

„Ich – ähm ..." Was soll ich sagen? Dass ich hier stehe, weil ich immer noch verblüfft bin, dass Bastian mich rausgeschmissen hat?

Sven nickt mir verstehend zu. Sofort frage ich mich, was die Geste wohl zu bedeuten hat. Was kann der schon verstehen? Dummerweise fällt mir absolut keine Ausrede ein, weshalb ich immer noch hier stehe.

„Ist alles nicht so einfach, was?", sagt Sven jetzt. Plötzlich hat er es gar nicht mehr eilig.

„Willst du nicht weg?", frage ich. Natürlich habe ich nichts gegen Sven, eigentlich finde ich ihn sogar richtig toll, aber die Situation ist einfach zu beschissen.

Sven grinst jetzt ein wenig seltsam. „Ich hab mich nur beeilt, weil ich dachte, dass du schon zum Bus bist."

„Ich ..." Die Stimme bricht mir weg. Was will er denn von mir?

„Na ja, ich wollte mit dir ein wenig über Bas reden, wenn du Lust hast."

„Aha", mache ich lahm.

„Und das geht natürlich besser, wenn du nicht schon im Bus nach Hause sitzt, weil ich nicht weiß, wo du wohnst – und Bas frage ich bestimmt nicht."

Ich schlucke. Irgendwie kommt mir das gerade ziemlich seltsam vor. In Gedanken gehe ich ein paar mögliche Ausreden durch. Aber ich merke, dass ich zu langsam bin.

„Wenn du keinen Bock hast, ist's auch okay", sagt Sven.

„Nein, nein", antworte ich schnell, obwohl ich mir gar nicht sicher bin, ob ich das wirklich so meine. Ist wohl eher so, dass ich Sven nicht vor den Kopf stoßen will. Und was kann er schon großartig von mir wollen?

„Gut." Sven grinst. „Bock auf 'nen Cocktail?"

„Was?"

„Na, in der Altstadt ist gleich Happy Hour. Jeder Cocktail die Hälfte."

„Klar", sage ich schnell, um meine Überraschung zu überspielen. Bastians Bruder geht mit mir in eine Cocktailbar? Schnell überschlage ich im Kopf mein Kohle. Wenn ich richtig liege, müsste ich noch zwei Zehner haben und Kleingeld. Sollte reichen. Was Bastian wohl davon hält, wenn ich mit seinem Bruder einen drauf mache? Ich kann mir ein gemeines Grinsen nicht verkneifen. Auf jeden Fall besser, als jetzt an einem Schmachtbrief für Maike zu feilen.

4

„Bas ist in letzter Zeit komisch", sagt Sven und nippt an seinem Long Island Ice-Tea. Ich habe Blue Lagoon bestellt. Irgendwie ziemlich schwul, was wir hier gerade machen. Aber wir sind nicht allein, obwohl die Bar wenig besucht ist. Es gibt noch andere Typen, die sich Cocktails bestellen und gar nicht schwul aussehen.

„Hab ich auch schon gemerkt", antworte ich endlich auf Svens Aussage.

„Na ja, mit mir redet er ja nicht." Sven zwinkert mir zu. „Ich muss ihm irgendwann mal was ganz furchtbar Böses angetan haben."

„Da weiß ich nichts von", sage ich schnell. Ich komme mir ohnehin schon recht komisch vor, dass ich mit dem Bruder meines besten Freundes Cocktails trinke. Fühlt sich fast so an, als würde ich Bastian hintergehen.

Sven sieht mich irritiert an.

„Also", erkläre ich, „er hat mir nie was über dich gesagt." Erst jetzt fällt mir auf, dass meine Ablehnung von zuvor wohl wie eine Lüge geklungen haben muss. Dabei weiß ich ja wirklich nicht, was Bastian gegen seinen Bruder hat. Alles nur Vermutungen.

„Eigentlich wollte ich auch nicht über mich sprechen", lenkt Sven ein. „Nicht, dass du denkst, ich will dich jetzt aushorchen oder so."

„Nein", winke ich ab, obwohl ich mir natürlich genau das gerade durch den Kopf gehen lasse.

„Bas ist einfach manchmal ein wenig empfindlich. Bei mir zumindest."

Ich zucke mit den Schultern. Was soll ich auch dazu sagen?

„Aber das ist ja auch was anderes. Wie ist er denn bei dir momentan?"

Irgendwie weiß ich gerade nicht, worauf das Gespräch hinauslaufen soll. Verlegen nippe ich wieder an meinem blauen Getränk. Der Alkohol brennt mir in der Nase.

„Ich meine, du musst nicht mit mir drüber reden, wenn du nicht willst", fügt Sven entschuldigend an. „Wenn es dir lieber ist, können wir auch das Thema wechseln."

„Nein, schon okay", antworte ich, obwohl mir ein Themenwechsel wirklich lieber wäre. Aber dann platzt es doch aus mir heraus: „Bastian ist momentan einfach nur schrecklich."

Sven zieht eine Braue hoch und zum ersten Mal fällt mir auf, wie gut er eigentlich aussieht.

„Na, er redet die ganze Zeit von seiner Maike – und das schon seit über zwei Wochen. Ich kann es einfach nicht mehr hören!", füge ich noch an.

Sven grinst jetzt breit. „Also doch!"

„Was also doch?", frage ich irritiert.

„Er hat eine Freundin."

„Nee. Die hat er ja noch nicht, das ist ja das Schlimme! Er quatscht nur andauernd von ihr."

„Na, dann soll er sich ranmachen. Vielleicht hört es ja auf, wenn er erst mal mit dieser Maike zusammen ist." Sven zwinkert mir wieder zu.

Ich sage nichts. Plötzlich habe ich einen Kloß im Hals, weil ich das Gefühl nicht loswerde, dass Sven genau das von mir hören wollte. Ob er etwas weiß?

„Warum bist du denn jetzt so still?", fragt er mich auch schon. „Willst du etwa nicht, dass die beiden zusammenkommen?"

„Ach was, das ist mir doch voll egal", lüge ich und fühle mich so was von ertappt.

Sven lächelt. „Kein Problem, ich laufe sicher nicht zu Bas und erstatte Bericht."

„Nett", presse ich hervor.

„Was stört dich denn an Maike?"

„Nichts." Ich habe jetzt das eindeutige Gefühl, dass ich so schnell wie möglich von Sven weg sollte.

„Darf ich offen sein?", fragt Sven nun mit leiser Stimme.

Ich nicke benommen. Dabei weiß ich schon, was jetzt kommen

wird. Darauf läuft doch das ganze Gespräch hinaus! Sven weiß es!

„Ich glaube, Bas kann mich nicht leiden, weil ich schwul bin."

Mit einem Mal habe ich das Gefühl, in einem Aufzug zu sitzen, der gerade ungebremst in die Tiefe stürzt.

„Oh", macht Sven, „hoffentlich habe ich dich jetzt nicht geschockt. Du siehst ein wenig käsig aus."

„Quatsch", bringe ich halbherzig hervor.

„Wie gesagt, wenn es dir lieber ist, können wir auch über was anderes reden. Aber ich dachte, dass ich dir das ruhig anvertrauen kann."

„Warum?"

„Keine Ahnung." Sven zuckt die Achseln hoch. Dann saugt er einen ordentlichen Schluck Cocktail durch den Strohhalm. Ich tue es ihm gleich und spüre sofort, wie der Alkohol mir in den Kopf schießt. Also nehme ich noch einen Schluck und noch einen und dann ist das Glas plötzlich leer.

„Hey, du hast aber einen Zug drauf!", lacht Sven. „Noch einen? Oder willst du gehen?"

Ich bin einen Augenblick hin- und hergerissen. Die ganze Situation ist mir ziemlich unangenehm und jetzt wäre eine gute Gelegenheit, dieses Treffen ohne große Erklärungen zu beenden. Aber gleichzeitig bin ich von Sven fasziniert. Ich will gern länger mit ihm zusammen sein und noch mehr erfahren. Ich würde gern mit ihm reden, wie das so ist, schwul zu sein ...

„Noch einen!", sage ich und winke schon nach dem Kellner. Diesmal bestelle ich mir auch einen Long Island. Dann nehme ich meinen ganzen Mut zusammen und wende ich mich wieder an Sven: „Aber du hast es Bastian nicht gesagt."

Sven schüttelt den Kopf. „Nee, dafür stehen wir uns einfach nicht nah genug. Ich weiß nicht, was er hat, aber irgendwie glaube ich, ist es besser, wenn ich ihm nichts sage."

Ich schlucke. „Glaub ich auch."

Einen Moment lang sieht mich Sven nachdenklich an. Ich fürchte schon, dass er mich jetzt nach dem Grund fragen wird, aber das macht er nicht. Mein Cocktail kommt und jetzt bestellt auch Sven nach. Wir schweigen eine Weile, bis auch er wieder was zu trinken hat.

„Na dann Prost", sagt er und grinst mir verschwörerisch zu.

Der Long Island Cocktail ist noch eine Spur stärker. Ich muss nach dem ersten Schluck niesen.

„Ich hab mich früher auch immer in die Falschen verliebt", sagt

Sven plötzlich. „Das war ganz schön frustrierend."

„Auch?", frage ich unvermittelt. Mit einem Mal dämmert mir, was eigentlich los ist. Dass Sven mich korrekterweise auch für schwul hält, ist eine Sache, mit der ich erst noch klarkommen muss, aber dass er ...

„Oh, entschuldige", unterbricht Sven meinen Gedankengang, „ich wollte nicht ..."

„Du glaubst, dass ich in Bastian ...", fange ich fassungslos an, breche dann aber ab. Ich bin vollkommen überrumpelt und jetzt habe ich auch noch zugegeben, dass ich schwul bin, oder? Aber ist das überhaupt noch wichtig? Viel wichtiger ist doch, dass Sven offenbar denkt, dass ich in seinen Bruder verknallt bin ...

„Tut mir leid, ich wollte das nicht – na ja, nicht so ausdrücken", sagte Sven und legt über den Tisch hinweg seine Hand auf meine.

Instinktiv zucke ich zurück. Ich will nicht, dass die anderen Barbesucher uns so sehen.

„Sorry, ich bin manchmal – ein Trampel, okay?" Sven sieht mich mitleidig an. Und wieder fällt mir auf, dass er wirklich süß aussieht. Ein wenig wie Bastian, aber nur ein wenig, und erwachsener, auch wenn die Miene, die er gerade aufgelegt hat, das Lügen strafen möchte. Und Sven hat einen entscheidenden Vorteil gegenüber seinem Bruder: Er ist schwul ...

Ich verdränge den Gedanken schnell.

„Okay?", hakt Sven nach.

„Okay", sage ich schließlich und murmle noch: „Aber ich bin wirklich nicht ..."

Sven wartet einen Augenblick, bevor er ergänzt: „... schwul?"

Ich schlucke. „Nee, das meine ich nicht."

Dann nickt Sven. „Gut."

„Was?"

„Beides."

„Beides?" Ich bin irritiert.

„Na", sagt Sven und beugt sich zu mir rüber, damit er nicht so laut sprechen muss, „dass du schwul bist und dass du nicht auf meinen Bruder stehst." Er grinst.

„Warum ist das gut?"

„Ersteres wäre für alle Schwulen schade und letzteres für dich."

Ich lächle verlegen.

„Entschuldige." Sven wird jetzt auch ein wenig rot. „Ich bin ganz schön peinlich, was?"

Ich weiß nicht, was ich darauf sagen soll. Also schweige ich.

„Für normal führe ich solche Gespräche immer online oder vielleicht am Telefon ..."

„Solche Gespräche?"

Sven zögert. „Du glaubst doch wohl nicht, dass du allein bist mit deinem Geheimnis?"

Jetzt verstehe ich endlich und werde wieder rot. Aber wenigstens spricht Sven von einem Geheimnis. Das bedeutet wohl, dass er mich nicht einfach outen wird. Irgendwie beruhigt mich das.

„Also hast du mich angesprochen, weil du es – wusstest?", frage ich.

„Ich habe es vermutet", gibt Sven zu. „Schon eine ganze Weile, aber heute habt ihr euch zum ersten Mal gestritten und ich dachte – na ja, ich könnte vielleicht helfen."

„Indem du mich in eine Cocktailbar schleppst", lache ich.

Sven grinst. „Hilft doch, oder?"

„Klar." Ich nehme wieder einen großen Schluck. Natürlich würde ich gern wissen, wieso Sven sich überhaupt um mich kümmert. Aber das kann ich nicht einfach so fragen. Wer weiß, wie das bei ihm ankommt. Und plötzlich kommt es bei mir selbst ein wenig komisch an: Will er vielleicht was von mir?

„Ich nehme an, du willst es noch ein Weilchen geheimhalten?", fragt Sven nach einer Weile.

Ich nicke. „Muss ja nicht gleich jeder wissen."

„Bislang weiß nur ich es, oder?"

Wieder nicke ich und glühe. Muss wohl der Alkohol sein. Dann bemerke ich, das Sven mich beobachtet.

„Was?", frage ich überrascht.

„Nichts", antwortet Sven schnell und schnappt wieder nach seinem Strohhalm. Fasziniert beobachte ich ihn. Bislang dachte ich immer, dass er sicher im Sattel sitzt. Aber vielleicht ist das ja nicht so. Vielleicht hat er mich ja nur auf seinen Bruder angesprochen, weil er insgeheim in mich verliebt ist? Ich spüre in mir eine seltsame Aufregung.

„Sprichst du die anderen auch einfach so an?", frage ich unvermittelt.

„Nee", sagt Sven und grinst mich verschmitzt an. „Die kommen zu mir. Meist im Chat."

Im Chat. So wie ich vorhin.

„Aber im Chat gibt's doch eh nur Idioten, oder?"

„Na ja, nicht nur. Ich bin hoffentlich keiner. Aber du hast schon recht, die meisten wollen nur das Eine."

„Die meisten ..." Ich lache.

„Okay, ganz ohne Porno geht halt nicht, aber ich bin dafür, dass man auch miteinander reden kann."

Ich halte mitten in der Bewegung inne. Plötzlich sehe ich den Chat von vorhin wieder vor mir. Hat das dieser PornoPaul nicht auch geschrieben?

„Was ist?", fragt Sven belustigt. „Natürlich nur manchmal – reden, meine ich." Er zwinkert mir zu.

Jetzt bin ich mir sicher: „PornoPaul!"

Sven schaut mich überrascht an. „Woher ..." Dann hält er inne und fragt: „LonelyBoy?"

Ich grinse breit.

„Du hast mich einfach abblitzen lassen!", beschwert sich Sven.

Jetzt werde ich wieder rot. „Ähm – sorry", sage ich kleinlaut. „Aber ich ..."

„Schon okay", unterbricht mich Sven, „ich hab dich ja auch bedrängt."

„Warum hast du mich denn eigentlich angesprochen?"

„Wegen dem Nick. Ich dachte, wenn du einsam bist, dann könnten wir was dagegen tun."

Wieder nehme ich die Aussage doppeldeutig auf. Und jetzt stelle ich überrascht fest, dass mir das sogar gefällt. Und warum auch nicht? Sven ist nett, sieht gut aus und noch dazu auch schwul. Im Grunde kann es doch gar nicht besser kommen, oder? Bleibt nur der kleine Schönheitsfehler, dass Sven Bastians Bruder ist. Ein absolutes Tabu!

„Was ist?", fragt Sven schon wieder. Diesmal setzt er allerdings ein ernsthaftes Gesicht auf.

„Ich – ich ..." Mir will nichts Gescheites einfallen, also springe ich auf.

„Du willst schon gehen?"

Ich nicke. „Ich hab ganz vergessen ..."

„Kein Problem", sagt Sven ruhig. „Du kennst ja jetzt meinen Nick. Wenn du reden willst – egal über was –, dann können wir uns im Chat treffen."

„Klar", presse ich hervor. Ich habe das Gefühl, dass die Luft um mich herum plötzlich viel zu dick ist, um noch vernünftig atmen zu können.

„Vielleicht willst du ja auch mal mit in die Disco ..." Sven zuckt mit den Achseln, als ob ihm das vollkommen gleich wäre. Doch in seinen Augen funkelt es verdächtig. Ob er sich wohl in mich verguckt hat? Wieder fällt mir sein schön geschnittenes Gesicht auf, das so viel erwachsener aussieht als das von Bastian.

„Also gut, wir sehen uns im Chat", beendet Sven die unangenehme Stille.

„Gut", sage ich, „bis dann mal." Ich sehe, dass ich meinen Cocktail noch gar nicht ausgetrunken habe. Verlegen bleibe ich noch einen Moment lang stehen.

„Ja?" Sven schaut mich erwartungsvoll an.

„Ähm, danke", sage ich schnell.

„Ach, wofür?", antwortet er und schenkt mir ein umwerfendes Lächeln.

„Okay, bis dann mal."

„Bis dann mal."

Ich drehe mich um und flüchte aus dem Lokal. Draußen empfängt mich überraschend die Sonne. Sofort fühle ich mich leichter und atme auf. Jeder wäre in Ordnung, absolut jeder, aber doch nicht Bastians Bruder! Plötzlich zweifle ich, ob ich seine Signale wirklich richtig gedeutet habe. Schwul hin, schwul her, ihm muss es doch auch klar sein, dass der beste Freund seines Bruders für ihn tabu ist, oder? Habe ich mir das vielleicht nur eingebildet, weil ich es gern so hätte?

Ich laufe zur Bahn und erwische sie noch in letzter Sekunde.

5

Zu Hause liege ich auf dem Bett und denke immer wieder über Sven nach. Ich versuche mir sein Gesicht vorzustellen, aber es will mir nicht so recht gelingen. Es ist doch seltsam, wie ungenau das Gedächtnis bei solchen Dingen funktioniert. Ich kann mich nicht mal daran erinnern, welche Farbe Svens Augen haben. Plötzlich fällt mir ein, dass Bastian braune Augen hat. Also sind die von Sven wahrscheinlich auch braun. Je mehr ich aber darüber nachdenke, desto unpassender kommt mir das vor. Passen braune Augen überhaupt zu seinem Gesicht? Ich kann es mir absolut nicht mehr vorstellen. Sven ist weg. Was übrig bleibt, ist die Unsicherheit. Aber weswegen bin ich überhaupt unsicher?

Ich weiß ja nicht mal, ob ich mir das alles nicht nur eingebildet habe. Wahrscheinlich mache ich mir hier Gedanken um nichts und wieder nichts.

Entschlossen springe ich aus dem Bett und setze mich an den Computer. Bevor ich aber den Chat aufrufe, zögere ich. Ob Sven wohl schon online ist? Aber wo sollte er sonst sein, immerhin habe ich ihn ja allein in der Cocktailbar zurückgelassen. Ich komme mir plötzlich so dumm vor.

Das hindert mich aber nicht, mich trotzdem in den Chat einzuloggen. Und schon springt ein Fenster auf.

PornoPaul: oh, da bist du ja schon ;)
LonelyBoy: ja, tut mir leid, dass ich gerade so abgedampft bin
PornoPaul: du bist unsicher, das ist normal

Ich starre einen Augenblick auf die letzte Zeile. Irgendwie kommt es mir total erstaunlich vor, dass Sven einfach so die Dinge beim Namen nennen kann und damit auch noch vollkommen richtig liegt.

PornoPaul: noch da?
LonelyBoy: ja
PornoPaul: und?
LonelyBoy: du hast recht ;)
PornoPaul: sehr gut
LonelyBoy: warum?
PornoPaul: aber hallo! du hast mich heute zweimal sitzen lassen. wenn du nicht unsicher wärst, müsste ich ja annehmen, dass du mich nicht leiden kannst!!! *gg*

Ich schlucke. Was soll ich darauf antworten?

PornoPaul: und bevor du dich jetzt fragst, was du antworten sollst: NIX! ich versteh das schon! ;)
LonelyBoy: kannst du das mal lassen?????
PornoPaul: was denn?????????
LonelyBoy: mir in den kopf zu gucken!!!!!!
PornoPaul: ich sag doch, dass du nicht allein bist! es gibt zahllose jungs, die machen sich über den gleichen kram gedanken wie du! glaub mir!

LonelyBoy: ja, schon gut, ich glaub dir ja *gg*
PornoPaul: und? warum bist du hier?
LonelyBoy: keine ahnung
PornoPaul: nicht, weil du heute abend mitgehen willst?

Ich lasse die Frage einen Moment auf mich wirken. Vorhin hat Sven schon so eine Andeutung gemacht. Wenn ich ehrlich bin, drängt alles in mir, für heute abend zuzusagen. Aber wäre das nicht viel zu schnell?

Ich stoppe. Zu schnell wofür? Hier geht es doch nicht um mehr als einen Discobesuch. Okay, ein Besuch in einer Schwulendisco, das ist für mich schon etwas Neues. Allerdings, mit wem soll ich sonst in eine Schwulendisco gehen, wenn nicht mit einem Schwulen? Und Sven ist der einzige Schwule, den ich kenne. Diese Tatsache überwältigt mich noch immer. Ich habe einen Schwulen kennengelernt – und ausgerechnet Bastians Bruder!

PornoPaul: sorry, will dich nicht drängen
PornoPaul: ich bin manchmal ein wenig zu schnell
LonelyBoy: schon okay
LonelyBoy: ich komm mit
PornoPaul: ECHT????
PornoPaul: also, ich meine, nur wenn du willst!!! *gg*
LonelyBoy: ich will ja ;)
PornoPaul: OK
PornoPaul: soll ich dich abholen? ich mein, bas muss es ja nicht unbedingt wissen ...

Wieder habe ich dieses seltsame Gefühl. Als ob ich Bastian hintergehen würde, nur weil ich schwul bin und mit seinem Bruder in die Disco gehe. Lächerlich! Aber warum dann die Geheimniskrämerei? Ist es nicht schon Betrug, wenn ich Bastian nichts davon erzähle?

Dann fällt mir wieder ein, wie komisch er heute zu mir gewesen ist. Augenblicklich sind meine Bedenken verschwunden. Außerdem hat er Maike!

LonelyBoy: wann soll ich fertig sein?
PornoPaul: wir holen dich so um acht ab, OK?
LonelyBoy: okay

LonelyBoy: ich mach mich dann aber jetzt fertig
PornoPaul: WAS??? du hast noch über zwei stunden!!!!!!!!
LonelyBoy: ich will doch gut aussehen ;)
PornoPaul: ich finde, du siehst schon besser aus, als erlaubt sein sollte
LonelyBoy: ha ha
LonelyBoy: also bis nachher dann
PornoPaul: bis nachher
LonelyBoy hat den privaten Chat beendet

Und jetzt? Was mache ich jetzt? Das war nun die dritte Flucht heute. Aber ich bin auch einen ordentlichen Schritt vorwärts gekommen. Niemals hätte ich mir träumen lassen, mich mal mit Bastians Bruder zur Schwulendisco zu verabreden! Aber ich habe es getan. Jetzt muss ich nur noch die Zeit bis um acht totschlagen ... Fast bereue ich es ja schon wieder, dass ich aus dem Chat gegangen bin. Aber Svens Kompliment hat mich durcheinandergebracht. Findet er etwa wirklich, dass ich gut aussehe? Ich merke, wie sich ein Grinsen auf mein Gesicht stiehlt. Tatsächlich will ich es ja irgendwie. Und das bringt mich noch mehr durcheinander.

Plötzlich bekomme ich wieder ein schlechtes Gewissen Bastian gegenüber. Ich überlege, ob ich ihn anrufen soll. Aber was sagen? *Hi, ich geh heute mit deinem Bruder in eine Schwulendisse?* Ich lege das Telefon wieder aus der Hand, weil mir nichts einfällt. Und doch will ich mit jemanden reden, will die Neuigkeiten loswerden. Bastian kann doch auch jedem die Ohren über seine tolle Maike vollquatschen! Das ist so ungerecht!

Ich nehme das Telefon wieder auf und drücke die Wahlautomatik. Das Freizeichen ertönt. Zweimal, dreimal ... Eigentlich müsste Bastian jetzt schon dran sein. Nach dem fünften Klingeln höre ich aber verblüfft, dass Bastian mich wohl weggedrückt hat. Er will nicht mit mir sprechen.

Einen Moment lang sehe ich ratlos das Mobilteil an. Damit ist es nun wohl amtlich: Bastian und ich haben richtig Streit! Und plötzlich fühle ich mich seltsam. Einerseits spüre ich deutlich die Angst, die das in mir auslöst, aber auf der anderen Seite bin ich auch wütend. Wieso will er nicht verstehen, dass mich seine Maike nicht interessiert? Wieso ist das so schwierig?

Ich lasse mich auf mein Bett fallen. Natürlich weiß ich, warum Bastian die Sache nicht versteht. Ganz einfach, weil ich ihm niemals mit Weibern in den Ohren hänge. Er weiß ja gar nicht, wie das ist, wenn man sich ständig solche Geschichten reinziehen darf, ohne sich mal mit eigenen Erfahrungen dafür zu revanchieren.

Für einen merkwürdigen Moment bin ich fest davon überzeugt, dass ich Bastian ganz schnell die Wahrheit über mich erzählen muss. Er ist mein bester Freund! Verdammt, er muss das doch verstehen und ... Natürlich ist das unmöglich. Ich seufze. Zumindest hab ich die Genugtuung, dass wenigstens sein Bruder auf meiner Seite steht. Soll er doch mit seiner Maike glücklich werden!

Damit bin ich wieder bei Sven. Sven, der findet, dass ich gut aussehe, der für mich Verständnis hat und mir zuhören will, der mich in die Schwulendisco mitnehmen will – Sven, der ... Ich schüttle diesen Gedanken ab. Nein! Auch wenn ich gerade mit Bastian Streit habe, solche Überlegungen sind tabu! Ich werde auf keinen Fall und niemals irgendwas mit Bastians Bruder anfangen, egal was er mir für Komplimente macht und in wie viele Discos er mich noch schleifen wird oder wie viele Cocktails ich mit ihm trinken werde ...

Dann träume ich aber doch ein wenig von Sven. Er ist so anders. So ... Ich weiß es nicht. Auf jeden Fall – spannend.

„Gehst du heute noch weg?", fragt meine Mutter plötzlich und die Spannung ist dahin.

„Ja", sage ich und grinse.

6

„Ich bin weg!", rufe ich fast zwei Stunden später. Meine Mutter antwortet irgendwas, aber das interessiert mich nicht mehr. Ich öffne die Wohnungstür und stürme ins Treppenhaus. Mit den Gedanken bin ich längst ganz woanders – ganz bei Sven, um genau zu sein. Ich kann immer noch nicht fassen, was heute los ist. Ein total abgefahrener Tag! Und ich bin auf den Weg in einen Gay-Club!

„Noch weg?", fragt mein Vater plötzlich, als ich gerade das Haus verlassen will. Natürlich fahre ich voll zusammen und höre noch meinen eigenen Aufschrei im Treppenhaus nachhallen.

„Mann, Mann, Mann, was ist denn mit dir los?", grinst er mich an und drängt sich mit seiner Aktentasche an mir vorbei. „Schlechtes

Gewissen? Oder doch nur verliebt?"

Ich spüre den Schreck noch immer in den Beinen und bin wie vor den Kopf gestoßen. „Ja – äh, nein, also – ich ..."

„Schon gut", sagt mein Vater, lächelt noch mal unverbindlich und dreht sich dann um. Typisch für ihn. Aber heute ärgere ich mich nicht über sein gespieltes Interesse, heute interessiert mich nur – Sven!

Eilig verlasse ich das Haus und halte schon Ausschau. Es ist mir plötzlich ein wenig unangenehm, dass meine Eltern Sven sehen könnten. Völliger Quatsch eigentlich. Warum sollte ich nicht auch mit Bastians Bruder befreundet sein dürfen? Die schmutzigen Gedanken habe ja ich allein ... Bei dieser Vorstellung muss ich grinsen. *Schmutzige Gedanken*, dass ich nicht lache. Aber ich muss mir eingestehen, dass mir Sven heute mehr geschmeichelt hat, als ich für möglich gehalten habe. Wahrscheinlich erklärt das auch, weshalb ich so aufgeregt bin. Ich könnte ja geradewegs aus der Haut fahren, so sehr brodelt es in mir.

Entschlossen gehe ich ein Stück die Straße hoch. Ich glaube zwar nicht, dass meine Eltern aus dem Fenster gucken, aber – es schadet ja nicht, und außerdem gehe ich Sven ja so ein Stück entgegen, und ich habe was zu tun, und – ach, was weiß ich?

Ich könnte vor Freude rumhüpfen!

Mach ich aber natürlich nicht, was sollen denn die Leute von mir denken? Und dann steige ich am Ende zu einem anderen Kerl in den Golf. Da wissen die ja dann sofort was los ist – und Sven auch ... Dabei freue ich mich doch nur. Warum, das weiß ich eigentlich gar nicht so recht, weil ich nämlich eigentlich volle Kanne Schiss habe. Ich weiß zwar, wie so eine Gaydisse aussieht – Fernsehen bildet –, aber selbst da zu sein, das ist noch mal was ganz anderes.

Ich schaue bestimmt zum zehnten Mal an mir herunter. Chucks, schwarze Jeans, olivgrünes Kapuzenshirt. Ob das wohl ein wenig zu schluffig ist? Ach, Sven wird mich schon wieder hochschicken, wenn's nicht passt ...

Und dann sehe ich endlich den Golf. Nervös winke ich Sven zu, damit er schon vorher hält. Er lächelt mich durch die Windschutzscheibe an. Alles in Ordnung, nur ruhig. Ich versuche mich selbst ein wenig zu beruhigen.

„Na?", fragt er, als ich die Beifahrertür öffne und einsteige. „Gut vorbereitet?"

Ich stocke. Vorbereitet?

Sven lacht. „Du solltest jetzt mal dein Gesicht sehen!"

„Ja nee, is klar", sage ich verlegen.

„Mach dir mal keine Sorgen", versucht Sven mich zu entspannen, „mit dir ist alles in Ordnung und die Jungs werden auf dich fliegen."

„Sicher", gebe ich ironisch zurück.

„Wirst ja sehen." Sven zwinkert mir zu. Dann lenkt er den Wagen wieder auf die Straße und wir brausen los.

„Sind die Klamotten okay?", frage ich aufgeregt, bevor wir zu weit weg sind.

Sven lacht. „Klar! Jeder zieht an, worauf er Bock hat. Den meisten geht es ohnehin eher ums Ausziehen als ums Anziehen."

„Oh", mache ich und füge nach einem kurzen Zögern hinzu: „Ein solches Outfit hätte bei meinen Eltern aber sicher ein paar Zweifel hervorgerufen."

Sven lacht. „Ich meine ja nicht, dass du nackt gehen sollst!"

Ich bewundere von der Seite seine strahlenden Zähne. Die sehen gar nicht so perfekt aus wie die von Bastian. Und plötzlich fällt mir wieder ein, dass Bastian mir mal erzählt hat, dass sein Bruder keine Klammer tragen musste, er aber schon. Deshalb steht wohl einer von Svens Schneidezähnen ein Stück weiter hinten. Nicht doll, aber es fällt schon auf. Sieht irgendwie interessant aus. Nicht so glattgebügelt wie bei Bastian. Und dann das leicht schiefe Lächeln, das Sven mir gerade zuwirft. Ich kann mich gar nicht daran sattsehen ...

„Ja?", fragt Sven und reißt mich aus meinen Gedanken.

„Ähm – nix", sage ich schnell. Erst jetzt wird mir bewusst, dass Sven meine Blicke bemerkt haben muss. Wie peinlich!

„Ich hasse den Zahn!" Sven schaut jetzt ebenfalls wieder auf die Straße. Sein Gesicht hat sich aber deutlich verdüstert.

„Ach ...", mache ich, weil ich keine Ahnung habe, was ich sagen soll. Ein Kompliment kommt vielleicht doof an. Und wenn ich den Makel beschwichtige, fühlt er sich unter Umständen nicht ernst genommen. Also warte ich ab, bis er wieder was sagt.

„Ich war schon beim Kieferorthopäden deswegen. Aber ich müsste die Behandlung selbst zahlen."

Jetzt wird mir die Sache langsam wirklich unangenehm. Offenbar bin ich da ausgerechnet auf einen wunden Punkt gestoßen. Aber was soll ich nur sagen?

„Also ich find's nicht so schlimm", presse ich schließlich hervor und fühle mich so richtig unwohl.

Aber Sven lächelt. „Klar, musst du ja jetzt sagen." Er zwinkert mir zu und zeigt mir sein schiefes Lächeln mit dem zurückstehenden Schneidezahn. Verdammt, in der Cocktailbar ist mir das doch gar nicht aufgefallen, warum ausgerechnet jetzt und überhaupt? Fakt ist, dass ich jetzt natürlich darauf fixiert bin. Und Sven merkt es auch, denn sein Lächeln verrutscht ein wenig und er schaut schnell wieder auf die Straße.

„Wer hat schon perfekte Zähne?", frage ich hilflos und hoffe, dass das Thema bald überstanden ist. Für den Rest des Abends nehme ich mir jedenfalls vor, Sven lieber sonst wohin zu starren, als noch mal auf sein eigentlich absolut bezauberndes Lächeln zu achten.

„Na, Bas hat perfekte Zähne!", empört sich Sven gerade und ich sehe eine Mischung aus Belustigung und Enttäuschung auf seinem Gesicht.

„Wer will schon perfekte Zähne?", korrigiere ich mich halbherzig.

„Bist nicht du eifersüchtig auf meinen Bruder?"

Sofort fühle ich die verräterische Hitze in mein Gesicht steigen. „Aber doch nicht auf die Zähne", sage ich ernst.

„Das war fies", sagt Sven nach kurzem Schweigen. „Hab ich nicht so gemeint." Er lächelt wieder, aber diesmal wirkt er genauso unsicher, wie ich mich fühle. Wieder überlege ich, ob er vielleicht in mich verknallt ist – oder zumindest was von mir will. Augenblicklich schieben sich in mir Fantasien nach vorn, die ich schnell wieder zu verdrängen versuche.

„Ich bin nicht in Bastian verknallt", ringe ich mir mühsam ab.

Jetzt wird Sven leicht rot – glaube ich zumindest.

„Ich bin nervös", plapper ich schnell weiter, um eine erneute Pause zu vermeiden. „Wie ist das denn so? Ich war ja noch nie ..."

„Keine Sorge." Svens Gesicht hellt sich ein wenig auf. „Sei einfach du selbst und alles andere wird sich schon ergeben."

„Klar", murre ich zurück.

„Was soll denn schon passieren?"

„Ich weiß auch nicht ..."

„Stell dir einfach einen Haufen seltsamer Vögel vor, die an nichts anderes denken können, als an ihre Frisur und ans Poppen." Sven lacht. „Und wenn jemand was von dir will, lehnst du einfach ab", fügt er noch hinzu.

„Warum?", frage ich perplex. Natürlich geht mir wieder der Gedanke durch den Kopf, dass ja Sven was von mir wollen könnte. Warum sollte es ihm denn sonst was ausmachen, wenn ich mich auf jemanden anderes einlasse?

„Na, ich will nicht, dass du gleich am Anfang total verdorben wirst.“

„Ach“, mache ich mit gespielter Verachtung.

„Hey!“, beschwert sich Sven auch sofort. „Du glaubst doch nicht etwa ...“

Damit das Gespräch nicht noch peinlicher wird, lache ich kurz auf, um ihm zu zeigen, wie absurd allein der Gedanke schon ist. Tatsächlich bin ich mir aber gar nicht sicher. Aber vielleicht ist das ja nur Wunschdenken.

7

Nach einer Weile hat Sven einen Parkplatz gefunden. Aufgeregt sehe ich eine Gruppe von jungen Typen, die ziemlich aufgestylt die Straße runtermarschieren. Plötzlich fühle ich mich wieder ziemlich unwohl. Am liebsten würde ich ...

„Keine Panik“, sagt Sven. „Ich bin ja bei dir.“ Er zwinkert mir witzig zu. Aber ob ich deswegen beruhigt sein soll, weiß ich nicht.

Ich ringe mir ein „okay“ ab und steige aus. Neugierig sehe ich der Gruppe hinterher und spüre meine Nervosität. Es kommt mir ziemlich kühl vor, obwohl es noch hochsommerlich warm ist. Einen Augenblick denke ich daran, Sven einfach zum Cocktailtrinken einzuladen. Alles, nur nicht in diese Disco, in der jeder wissen wird, dass ich auf Jungs stehe, dass ich auch zu ihnen gehöre, dass ich ...

Aber was ist eigentlich so schlimm daran? Es kennt mich doch niemand. Im Grunde kann ich doch völlig anonym sein, weil ich in diesen Mauern keine Besonderheit bin. Keiner wird mir von seiner Verknalltheit zu einem Mädchen vorschwärmen. Keiner wird mich für seltsam halten, weil mich so was nicht interessiert.

„Und wenn du keinen Bock mehr hast, können wir ja immer noch in die Cocktailbar gehen“, sagt Sven und grinst mich breit an.

„Woher ...“, fange ich überrascht an, weil ich mich ertappt fühle.

„Na, du guckst, als ob es jetzt zur Schlachtbank geht“, lacht Sven. „Für normal gehen die Huschen da hin, um Spaß zu haben.“

Ich schlucke. „Aber ich bin keine Husche.“

Plötzlich schiebt Sven die Augenbrauen zusammen und wird ernst.

„Ich weiß, dass das für dich noch neu ist. Nimm nicht alles so ernst, was in der Szene so abgeht, okay?"

Ich nicke, obwohl ich nicht genau weiß, was er damit meint. Aber ich habe mich entschieden: Ich ziehe das jetzt durch!

„Wo sind denn deine Freunde?", frage ich, als wir schon ein Stück die Straße runter sind.

„Ach!" Sven winkt ab. „Die kommen ganz bestimmt zu spät. Marlon braucht immer Ewigkeiten im Bad und hat deswegen bestimmt wieder Stress mit Tito." Er grinst. „Manche Dinge sind einfach so wie sie sind und werden sich auch niemals ändern."

Ich nicke, obwohl mir irgendwie unwohl ist bei dem Gedanken, dass Marlon so lange braucht, bis er ausgehfertig ist. Klingt ja fast so, als würde er sich schminken.

„Jetzt guck nicht so nervös, die sind alle nett", sagt Sven und stößt mir in die Seite. „Zumindest meistens."

Ich ringe mir ein Lächeln ab. „Bestimmt."

„Ach, da hinten ist schon Phil." Sven winkt plötzlich einem jungen Mann zu, den ich niemals für schwul gehalten hätte. Grinsend kommt der fremde Phil auf uns zu. Er trägt ein dunkelbraunes Kurzarmhemd, dunkle Jeans und Lederschuhe. Sieht fast schon langweilig aus, wenn dieser Phil nicht so eine modische Hornbrille aufhätte. Und dann – ein wahnsinnig breiter Mund. Mit dem kann er sicher eine Banane quer fressen. Ich merke, dass mein Grinsen bei diesem Gedanken mindestens genauso breit sein muss.

„Hi", sagt Phil und zeigt mindestens dreißig Zähne. „Ich kann mir ja schon denken, wie Marlon und Tito den Abend beginnen. Marlon im Bad und Tito hämmert von außen an die Tür." Er lacht und umarmt Sven. Und dann bin ich dran:

„Hi", sagt er und reicht mir die Hand, „ich bin Phillip."

Einen Moment lang war ich überzeugt, dass er auch mich umarmen würde, aber jetzt ergreife ich die Hand und erwidere den festen Händedruck. Irgendwie gefällt mir die normale Distanz und ich fühle mich viel sicherer.

„Ich bin Stephen", sage ich und schaue Phil direkt in die Augen. Die Brille scheint lediglich ein modisches Accessoire zu sein. Bei dem dicken schwarzen Rand hätte man auch erwarten können, dass einem die Augäpfel wie unter einer Lupe entgegenspringen. Tun sie aber nicht. Und plötzlich finde ich Phils Style ziemlich cool und überlege, ob ich mir nicht auch so eine Brille kaufen soll.

„Was ist?", fragt Sven. „Sollen wir mal?"

„Klar", antwortet Phil, „oder willst du etwa die nächsten Stunden auf unsere zwei Turteltäubchen warten?"

Die beiden lachen und ich lache höflich mit.

8

Etwa eine Stunde später stehe ich noch immer am Tanzflächenrand, weil ich mir komisch vorkomme. Phil und Sven jedenfalls scheinen ebenfalls keine Ambitionen zu haben, den paar Jungs Gesellschaft zu leisten. Und irgendwie stehen auch viel zu viele drum herum und glotzen. Überhaupt glotzen alle, was wohl entweder ein Flirt sein soll oder sie lästern wegen irgendwas. So ganz wohl fühle ich mich jedenfalls nicht. Die Musik ist auch nicht so das Wahre – Vocal-House. Der Typ, der oben an seinem DJ-Pult steht, schaut mich manchmal an, während er mit seinen Scheiben hantiert und kopfnickend den Beats in seinem Hörer lauscht.

„Den kannst du vergessen", sagt Phil plötzlich. „Der ist jeden Abend mindestens mit einem anderen Kerl in der Kiste."

„Ich ...", fange ich verlegen an, weil mir klar wird, dass nicht nur der DJ gestarrt hat.

Phil lacht und klopft mir auf die Schulter. „War ja nur 'ne Info."

„Und woher weißte das?", frage ich schließlich doch noch frech. Wenn ich eins gemerkt habe hier, dann, dass man sich nicht unterbuttern lassen darf.

„Na, dreimal darfst du raten." Phil macht eine wegwerfende Handbewegung. „In so 'nem Laden findest du jedenfalls nicht den Mann fürs Leben. Aber mir hat das ja damals keiner gesagt."

„Jetzt mach mal nicht auf armes Püppchen", mischt sich Sven ein. „So ganz ohne ist Phil nämlich auch nicht", sagt er dann zu mir. „Er macht nur immer gern auf braver Student."

„Und Sven kriegt mit seinem Feingefühl wirklich jeden Zauber klein", beschwert sich Phil. Dann grinst er. „Wenn ihr nichts dagegen habt, ich bin mal kurz weg." Und schon verschwindet er durch die paar Tanzenden auf die andere Seite der Disco.

„Alles klar?", fragt Sven.

„Ist eigentlich immer so wenig los?", frage ich zurück.

„Oh, ich dachte, es wäre dir ganz recht, wenn noch nicht alle Verrückten da sind."

„Was? Noch mehr? Ich warte eigentlich auf die vernünftigen Leute."

„Na dann will ich dich mal nicht stören beim Warten", sagt Sven und knufft mir wieder in die Seite. Ich mag diese vertrauliche Geste. Doch bevor ich da schon wieder mehr hineininterpretiere, rufe ich mir noch mal ins Gedächtnis, dass ich es hier mit Bastians Bruder zu tun habe. Aber das hilft natürlich nicht, denn immerhin stehe ich gerade mit Bastians Bruder in einer Schwulendisco. Und überall Typen, die sich anglotzen, befummeln, knutschen. Ich kann es noch immer nicht recht glauben. Allein das ist ja schon irgendwie – ein Wunder.

„Hier geht's eigentlich immer erst so gegen Mitternacht richtig los", sagte Sven und pustete mir dabei seinen heißen Atem ins Ohr.

„Okay." Verstohlen schaue ich auf die Uhr. „Und warum sind wir dann so früh hier?"

Sven grinst. „Na, ich wollte dich nicht überfordern. Außerdem, wenn du keinen Bock mehr hast, können wir dann immer noch was anderes machen und müssen nicht gleich ins Bett." Er hält einen Moment inne und fügt dann noch hinzu: „Also – nicht zusammen ... Du weißt, was ich meine."

Plötzlich wird mir heiß. Das hat er jetzt nicht wirklich gesagt, oder? Und da ist sie wieder, meine kleine Fantasie von vorhin.

„Ähm, klar", presse ich hervor und hoffe, dass das Licht mein rotes Gesicht verbergen kann. Tatsächlich habe ich aber das Gefühl, dass ich durch die ganze Halle leuchte, damit auch wirklich jeder meine Gedanken lesen kann.

Sven lacht. „Wirst du rot? Ich kann das schlecht sehen bei dem Licht."

„Ha-ha", mache ich und spüre, das meine Wangen noch heißer werden.

„Ich find's ja immer süß, wenn Jungs rot werden."

„Ich bin noch jung, ich darf das", gebe ich weniger gekonnt zurück.

„Klar", sagt Sven, „vor allem, wenn du so schön unverdorben dabei guckst." Und dann legt er plötzlich seinen Arm um mich und drückt mich kurz an sich. Es ist, als ob für einen Augenblick alles still ist um uns herum. Die Typen, die neben uns stehen, gleiten mit einem Mal außer Sichtweite, das Licht wird dunkler und intimer und es ist, als hätte jemand den Housebeat in einem Fade-Out ausklingen lassen. Ich rieche Svens Parfum, das mir grasfrisch in der Nase kitzelt und stelle mir vor, dass jetzt in diesem Moment keine Klamotten zwischen uns sind. Nur Haut auf Haut. Sofort regt sich was zwischen meinen Beinen. Mit einem Donnerschlag setzt die Musik wieder ein und der Augenblick zerplatzt. Ich mache mich von Sven los.

„Arsch", sage ich entrüstet. Wohl aus der Verlegenheit heraus.

Sven guckt mich verdutzt an, dann lacht er laut los. „Also daran musst du dich aber ganz schnell gewöhnen!"

Jetzt bin ich es, der verdutzt guckt. „Woran?"

„Na, dass die Jungs dich süß finden", feixt Sven.

Noch bevor ich etwas erwidern kann, kreischt plötzlich hinter uns jemand los. Unmerklich zucke ich zusammen, als ich einen Typen mit schrillen Klamotten und einer seltsamen Haubenfrisur auf uns zustürzen sehe.

„Svännäää!", trillert der Paradiesvogel und lenkt für einen Augenblick, wie mir scheint, die Aufmerksamkeit der ganzen Disco auf sich.

„Na endlich", sagt Sven erstaunlicherweise und erwidert die links und rechts hingehauchten Luftküsse. „Ich hab schon gedacht, ihr schafft es nicht mehr."

„Mausi musste sich doch schick machen", mischt sich da mit dunkler Stimme ein großer Südländer ein und sorgt für kurzes Gelächter und schrillen Protest von Mausi. Mir dämmert langsam, dass es sich bei dem ungleichen Paar um Marlon und Tito handeln muss. Und dann fällt mir das glattgeschminkte Gesicht von Mausi auf und die nachgezogenen Augenbrauen und – ja, sogar Lippenstift und Lidstrich. Wenn sich da nicht meine schlimmsten Befürchtungen bewahrheiten.

Aber ich komme gar nicht dazu, mir Gedanken über eine Flucht zu machen, weil mich plötzlich Mausis grüne Leuchteaugen ins Bild fassen und blitzschnell analysieren. Dann wirft er seine helmartige Haarsprayfrisur zurück und schließt mich mit einem Aufschrei in die weichen Arme.

„Willkommen in der Familie, Schätzchen", flötet er, hält mich kurz auf Abstand, um mich stolz wie eine Mutter anzuschauen, nur um mich dann erneut an sich zu pressen. Das alles passiert so schnell, dass ich nicht mal Zeit habe, blöd zu gucken. Muss ich aber wohl trotzdem, weil Sven sich gar nicht mehr einkriegt vor Lachen.

„Was ist denn?", schrillt Mausi. „Sag mir nicht, dass ich jetzt den Falschen abknutsche!"

„Nee, der ist schon richtig", prustet Sven. Dann bemüht er sich um einen ernsten Gesichtsausdruck, während Mausi mich endlich wieder freigibt. „Also, wenn ich dann mal vorstellen darf: Steph, das ist Marlon, Marlon, Steph."

Die Situation ist irgendwie so saukomisch, dass ich mich wie in einem Film fühle. Aber mein Gegenüber scheint das gar nicht zu merken.

„Wer sagt denn hier Marlon?", krakeelt er. „Du nennst mich natürlich Mausi, wie sich das gehört!" Und schon handelt sich Sven ein paar lasche Schläge auf die Brust ein. „Und du auch!", stürzt sich Mausi zurück auf mich.

„Natürlich", ringe ich mir zwischen Angst und Lachen mühsam ab. Ich will ja auf keinen Fall zu viel von Mausis Aufmerksamkeit auf mich lenken.

„Mein Gott", mischt sich Sven wieder ein, „lass den Jungen in Ruhe, der ist von deiner Frisur doch eh noch vollkommen benebelt."

„Was? Stimmt was nicht?" Sofort fasst sich Mausi in die auftoupierte Pracht. „Ich bin gleich wieder daahaaa ..." Und schon ist er verschwunden.

Sven zwinkert mir zu. „Aufs Damenklo, frisch machen."

„Dann nutze ich mal die Gunst der Stunde", sagt der Südländer, der Tito sein muss. Mit einem entschuldigenden Lächeln reicht er mir die Hand und stellt sich vor. Und dann kehrt plötzlich eine unerwartete Stille ein, weil offenbar keiner mehr was zu sagen weiß. Aber Tito schaut mich an und lächelt gerade so viel, dass man es als freundlich einstufen kann.

„Und du bist heute zum ersten Mal unterwegs?", fragt er nach einer Weile.

Ich nicke. Natürlich weiß ich, dass Sven den beiden schon davon erzählt hat, also suche ich krampfhaft nach etwas, das ich erwidern könnte.

„Tito und Mausi sind hier zu Hause, musst du wissen", springt mir Sven zur Seite.

Ich nicke und Tito lächelt ein oder zwei Millimeter mehr. Dann ist wieder Schweigen angesagt und Mitwippen zum Beat. Nur Tito wippt natürlich nicht mit, wahrscheinlich, weil er zu sehr Mann ist oder kein Taktgefühl hat, ich weiß es nicht. Aber mir fällt auf, dass Sven in seiner Anwesenheit auch deutlich ruhiger ist. Beinahe bin ich schon erleichtert, als ich Mausi wieder auf uns zueilen sehe.

„Gott, da machen welche auf dem Klo rum – also richtig!" Theatralisch schlägt er sich eine Hand vor den aufgerissenen Mund. „Ich geh ja immer in die Kabine, wie sich das für eine Dame gehört, und plötzlich habe ich einen nackten Arsch im Gesicht! Ich fass es ja nicht!" Bei den letzten Worten ist jede Silbe betont. Ich muss schmunzeln.

„Und warum hat es so lang gedauert?", fragt Sven frech.

Mausi grinst. „Na, ich musste mir den Arsch doch genau angucken. Wo ist eigentlich Phil?"

„Der ist vorhin nach hinten gegangen."

„Waaas?" Wieder reißt Mausi den Mund vor gespieltem Entsetzen weit auf. „Das glaub ich ja wohl jetzt nicht! Ich denk, der hat nen Neuen!"

„Offenbar nicht mehr – oder die nehmen es nicht so genau." Sven zuckt mit den Achseln.

Ich fühle mich zwischen den Fronten ein wenig unwohl. Geht mich ja auch nichts an, wer mit wem und wieso. Was es aber mit da ‚hinten' auf sich hat, wüsste ich schon ganz gern – vielleicht aber auch nicht. Ich bin zwar noch nie in so einem Schuppen gewesen, aber seit ‚Queer As Folk' kann ich mir ja einiges denken. Obwohl, wenn ich es mir recht überlege, Mausi übertrifft den tuckigen Honeycutt mit Leichtigkeit …

„Du!", kreischt Mausi plötzlich und zerrt mich zu sich. „Du kommst jetzt mit, die Mama zeigt dir mal das Etablissement!"

„Ähm", mache ich nur und sehe mich hilflos nach Sven um. Aber Mausi zieht mich schon gnadenlos mitten über die Tanzfläche. Ein paar Jungs beschweren sich, weil Mausi wie eine Planierraupe da durchprescht. Und dann bleiben wir plötzlich stehen.

„So, jetzt können wir uns mal richtig unterhalten", sagt Mausi. „Die beiden Tucken übertreiben es ja manchmal ein wenig mit dem Theater."

Ich bin total baff. Zum einen hätte ich nie geglaubt, dass Mausi auch normal reden kann und zum anderen macht mich diese verquere Selbsteinschätzung ganz sprachlos.

Mausi muss meinen Gesichtsausdruck richtig deuten, denn er fängt sofort an zu kichern. „Da staunste, was? Die Mama kann auch ganz anders." Dann wird seine Stimme wieder ernst. „Vor allem, wenn meine Schäfchen Scheiße bauen." Entschieden zieht er die gezupften Augenbrauen zusammen und hebt warnend den Finger.

„Habe ich nicht vor", sage ich sofort.

„Nein, nicht du!" Mausi schnalzt verächtlich mit der Zunge, als hätte ich etwas ganz Dummes gesagt. „Ich red doch von Phil!"

„Ach so", füge ich mich und weiß noch immer nicht so recht, was ich von der schrillen Mausi mit dem unpassenden Ernst in der Stimme halten soll. Schon komisch, weil ja am Anfang gerade die fehlende Ernsthaftigkeit so unpassend schien.

„Du kennst ja die ganze Geschichte nicht", fängt Mausi an und holt aus. Zuerst schildert er mir, wie er Phil damals kennen gelernt hat. Da war er angeblich auch so ein unschuldiges Ding wie ich und Mausi hat sich natürlich um ihn gekümmert, weil Mausi ja schon ein paar Jahre – nicht viele, aber immerhin doch zwei oder drei oder vier oder so – älter ist und sich in der Szene bestens auskennst.

„Über die Leute muss man halt Bescheid wissen", raunt mir Mausi ins Ohr. „Der da drüben zum Beispiel – du meine Güte, guck da jetzt nicht hin! Ach du Schande! Bei dir muss ich ja wirklich von ganz vorn beginnen!" Mausi seufzt übertrieben und ich komme mir richtig dämlich vor. Und dann erzählt er mir von dem Kerl, nach dem ich mich gerade ungeschickterweise umgeschaut habe. Bodybuilder. Ein Mann, wie ihn sich jede Tucke wünscht. Aber ein Schwanz … „Und das ist auch der Grund, weshalb der Kerl passiv ist, wenn du verstehst, was ich meine." Mausi spielt kurz Achterbahn mit seinen Augenbrauen. „Vor solchen Enttäuschungen muss man doch seine Mitmenschen warnen! Also, du weißt jetzt Bescheid. Wenn du 'nen richtigen Kerl im Bett haben willst, dann nimmst du nicht den da hinten, verstanden?"

„Klar", grinse ich und muss gegen den Reflex ankämpfen, den armen Typen noch mal mit meinem neuen Wissen anzusehen.

„Das ist eine ganz wichtige Lektion!", schärft mir Mausi ein. „Wenn du was mit wem machen willst, dann frag zuerst mich, damit du nicht so endest wie Phil."

„Wie endet Phil denn?", frage ich, weil Mausi ja noch nicht zum Punkt gekommen ist.

„Na, dass er vollkommen unbefriedigt jetzt von einem zum anderen hüpft und auf dem besten Wege ist, eine von den Schlampen hier zu werden." Mausi macht eine allumfassende Armbewegung.

„Aha", mache ich nur, weil ich das ganze Theater nicht nachvollziehen kann.

„Du wirst auch noch merken, dass man hier ganz schnell seinen Ruf weg hat. Wenn du mich fragst, dann können sich die meisten von denen", Mausi macht eine auslandende Geste, die wieder alle Diskobesucher einschließt, „überhaupt gar nicht mehr hier blicken lassen, weil sie schon mit allen gefickt haben … Oh, hab ich das jetzt wirklich gesagt? Es tut mir leid!" Mausi tätschelt mir den Arm. „Ich wollte nicht so expressiv werden."

„Schon gut", beschwichtige ich, „ich hab in Bio gut aufgepasst."

Mausi lacht schallend, wird aber sofort wieder ernst: „Jedenfalls sucht Phil mittlerweile schon eine kleine Ewigkeit nach seinem Traumprinzen, weil er nicht allein sein will und was weiß ich. Sehnsucht nach Liebe! Und was ist? Findet er die hier? Nein! Das hab ich ihm auch gesagt. Mehr als einmal. Aber hört er auf mich? Nein! Stattdessen springt er lieber mit jedem in die Kiste! Und da kann man quasi bei zusehen, wie sich so jemand, der ja eigentlich auch intelligent ist, von einer Woche zur anderen runterwirtschaftet. Am Anfang kriegt er nämlich noch die guten Jungs ab, die aber trotzdem nicht interessiert sind, weil hier keiner an was Festem interessiert ist. Und dann geht es langsam abwärts, weil die Tucken tratschen. Bis du dann irgendwann eine Schlampe bist und dann natürlich nur noch mit Schlampen poppen kannst, weil die echten Jungs Angst haben, dass sie sich bei dir was wegholen. Tragisch! Das sag ich dir! Tragisch, tragisch, tragisch. Boah, ich hab Durst, bin gleich wieder da!"

Ich muss das Ganze erst mal verarbeiten und sehe Mausi dabei zu, wie sie sich durch die mittlerweile doch gut gefüllte Disco zur Bar durchkämpft. Also so einen Menschen habe ich nun wirklich noch nie getroffen. Was ist das? Und wider Erwarten kann ich nicht leugnen, dass Mausi unterhaltsam ist. Aber auf eine seltsame Art. Wenn ich genauer drüber nachdenke, vielleicht sogar auf eine Weise, die gar nicht so lustig ist, wie es vielleicht den Eindruck macht.

Ich schüttle den Kopf, um zumindest für einen Augenblick aus dieser Mausi-Welt aufzutauchen. Aber ich finde mich in einer dunklen Ecke einer Schwulendisco wieder und überall wippen dürre Jungs in knalligen Hemdchen zum Takt. In gewisser Weise ist das nicht weniger unwirklich für mich. Fast wirkt das alles wie ein schriller Disney-Film, nur dass unter allem so ein düster-tragischer Fluss daherzieht, der einen, wenn man Mausi glaubt, jederzeit in die Tiefe reißen kann.

„Hey, hier bist du", sagt Sven plötzlich neben mir. „Ich hab schon gedacht, Mausi hätte dich entführt." Er grinst.

„So ähnlich", sage ich.

„Wenn's dir zu anstrengend wird, können wir auch gehen …"

„Nee, noch ist's ganz witzig."

„Bei Mausi musst du aber ein wenig aufpassen, der schießt eigentlich bei allem immer übers Ziel hinaus." Sven kommt noch ein Stück näher und ich spüre wieder seinen Atem in meinem Ohr. „Und ich glaub, er steht auf dich."

Eigentlich müsste mich diese Nachricht schockieren, aber ich bin plötzlich wieder allein mit Sven und seinem heißen Atem und der flachen Brust, die er gegen meinen Arm presst, damit er mir ins Ohr schreien kann. Wie romantisch. Und wieder denke ich, dass vielleicht er derjenige ist, der auf mich steht. Da hätte ich nichts gegen – also, wenn er nicht Bastians Bruder wäre …

„Alles in Ordnung?", fragt mich Sven.

„Klar, warum?"

„Na, du siehst gerade so – komisch aus." Er betrachtet mich skeptisch und ich frage mich, ob er vielleicht meine Gedanken erraten hat.

„Was machst denn du hier?", ruft Mausi, die mit zwei Gläsern in den Händen zurückkommt. „Geh mal schnell wieder zu meinem Mann, irgendwer muss doch auf den aufpassen!"

Sven lacht. „Man wird ja wohl mal aufs Klo gehen dürfen …"

„Das Klo ist da drüben!" Mausi zuckt mit der Trockenhaubenfrisur in die entsprechende Richtung. „Und ich gucke auf die Uhr, wie lange du da drin bist!"

„Du meinst, für den Fall, dass mir auch ein Arsch ins Gesicht springt?"

„Gaaanz genau, Schätzchen! Die Mama passt auf!"

Als Sven weg ist, drückt mir Mausi eins der Gläser in die Hand. „Trink das! Das gibt die richtige Stimmung für unsere Aufgabe!"

„Was denn für eine Aufgabe?" Ich rieche an dem Getränk. Bacardi-Cola. „Danke", sage ich artig, bevor ich von der ziemlich harten Mischung trinke.

„Gut, was?", grinst Mausi. „Ich kenn den Barkeeper, der weiß Bescheid, dass die Mama ordentlich Benzin im Tee braucht."

Ich lache. Dann frage ich noch mal: „Was denn für eine Aufgabe?"

„Ach, ich bin so vergesslich! Ich hab dir die Einzelheiten ja noch gar nicht erzählt!"

Ein wenig geschockt bin ich schon, dass die Details erst noch kommen sollen – quasi nach den ganzen Details, die ich schon intus habe. Aber Mausi stört sich gar nicht daran und deckt mir haarklein Phils Liebesleben auf. Zwischendurch deutet sie immer mal auf verschiedene Typen, die sie in der Menge entdeckt und mit denen Phil angeblich schon mal eine Enttäuschung erlebt hat. Schon bald bin ich davon überzeugt, dass jeglicher Sex im Grunde eine Enttäuschung sein muss. Und plötzlich stelle ich mir vor, wie Tito und Mausi zusammen …

„Sag mal, woher weißt du eigentlich über alle so gut Bescheid?", frage ich rundheraus. „Ich meine, du bist doch mit Tito zusammen, oder?"

Jetzt grinst Mausi verschlagen. „Natürlich, aber geheiratet haben wir nicht."

„Ähm – also habt ihr eine offene Beziehung?", frage ich verblüfft. Es dauert ein wenig, bis ich diese Information mit den ganzen Erzählungen auf einen Nenner bringen kann. Jedenfalls scheint Mausi keinerlei Konflikte damit zu haben, für jeden andere Regeln festzusetzen – erst recht für sich selbst.

„Hier geht es doch jetzt nicht um mich, Herzchen!", weicht Mausi aus. „Die Mama macht sich gerade ausschließlich Sorgen um Philli."

„Natürlich", sage ich und meine es nicht mehr ernst, weil ich die ganze Geschichte jetzt ein wenig anders sehe.

„Wie soll denn der Junge die wahre Liebe finden, wenn er sich hier wie im Puff emotional prostituiert?", kreischt Mausi und kippt sich vor lauter Verzweiflung ganz undamenhaft das halbe Glas Bacardi-Cola in den Rachen.

„Na, der Meinung bin ich auch", stimme ich mit leichter Ironie zu. Ich frage mich, was wohl Phil davon hält, dass mich Mausi hier so frei in sein Intimleben einweiht.

„Hach, endlich ein Mitstreiter!", schwärmt Mausi. „Da bekommt man wieder Hoffnung, dass die Welt doch noch nicht verloren ist. Komm, darauf trinken wir!"

Wir stoßen an und Mausi schüttet sich die andere Hälfte des Gesöffs hinter die Binde. Dann schaut sie vorwurfsvoll auf mein Glas. „Was ist das denn?"

„Ich bin nicht so schnell", antworte ich und nehme schuldbewusst noch einen zweiten Schluck.

„Los! Runter damit!", befiehlt Mausi im Kasernenton. „Gläser sind hinten verboten."

„Hinten?"

„Ja, schon vergessen? Wir wollen doch Phil vor dem Untergang bewahren!"

Mit einem Mal weiß ich, dass ich mich an dem halbvollen Bacardi-Glas festklammern muss. „Na, wenn ich damit nicht hinten reinkomme … Ich wollte eh noch mal gucken, was Sven so macht."

„Hinten reinkommen!", prustet Mausi los. „Du bist echt gut!" Dann wird er aber wieder ernst: „Willst dich wohl vor deiner mitmenschlichen Pflicht drücken, was?"

Mein Gespür sagt mir, dass hinter dieser Aktion vielleicht ganz was anderes steckt. Sven hat mich ja gewarnt. Und warum sonst der Alkohol und die mitmenschlichen Pflichten? So sieht es also aus, wenn die Disney-Politur Risse bekommt. Plötzlich grinst einem Kings Clown mit den Piranhazähnen entgegen.

„Also wenn man mit 'nem Glas nicht nach hinten darf …", rede ich mich raus. „Ich kann halt nicht so schnell trinken." Damit Mausi auch nur ja nicht auf die Idee kommt, mir beim Trinken zu helfen, drehe ich mich schon mal ab und suche nach Sven.

„Schade, da werde ich mich der Aufgabe wohl allein stellen müssen", schmollt Mausi übertrieben und seufzt und stöhnt. „Es sei denn, du hast ein Herz und …"

„Alles klar?", fragt Sven, der wie gerufen aus der Menge auftaucht und mich verschmitzt angrinst.

„Klar", sage ich. „Mausi will nur Phil retten und ich kann nicht so schnell trinken. Vielleicht gehst du mit nach hinten?"

„Oooch, so wichtig ist das auch nicht", winkt Mausi sofort ab. „Ich dachte ja nur, dass irgendwem noch was am Guten auf der Welt liegen würde."

„Tja, so wie es aussieht, sind wir alle verloren", gibt Sven zurück und zwinkert mir zu. „Willst du tanzen?"

Ich sehe einen Augenblick hilflos auf mein Glas, aber Sven nimmt es mir schon aus der Hand und zieht mich auf die Tanzfläche.

„Danke", sage ich.

„Für die Rettung in letzter Sekunde?"

„Ja." Ich grinse.

„Ich kenn doch meine Leute."

Mir schießen tausend Fragen durch den Kopf, die ich jetzt gern stellen würde. Allen voran, warum Sven überhaupt mit solchen Leuten herkommt, die einen *nach hinten* entführen wollen. Aber ich verkneife mir das, weil er mich gerade anlächelt und mir seine leeren Handflächen zeigt. Ich habe keine Ahnung wie, aber er hat es tatsächlich geschafft, das Bacardi-Glas mitten auf der Tanzfläche verschwinden zu lassen. Ich grinse.

9

Irgendwann sind wir zurück bei Tito und Mausi, die sich mehr oder weniger anschweigen. Ich überlege, ob Mausi vielleicht beleidigt ist. Aber plötzlich wandelt sich seine Laune wieder und mit wildem Handgefuchtel fängt er an zu plappern: „Meine Güte, es wird langsam wirklich Zeit, dass es hier losgeht!"

„Du bist doch nur geil auf Angel", sagt Tito nüchtern und gibt damit ein wunderliches Kontrastprogramm zum aufgedrehten Mäuschen ab.

„Ach, laber nicht!", erwidert der auch gleich. „Du bist doch der Erste, der nachher geifernd da hochglotzt!"

„Wer ist denn Angel?", frage ich Sven ins Ohr.

„Ein Gogo-Boy, auf den hier alle stehen", gibt Sven zurück. „Mausi ist ganz verknallt in ihn, hat aber natürlich keine Chance."

„Was wird da geredet?", kreischt Mausi auch schon los. „Ich hab keine Chance?"

Sven duckt sich vor Mausis Angriff. „Schon gut, hab Erbarmen!"

„Ich werd dir sagen, wer Angel ist!", donnert Mausi auch gleich weiter auf mich zu. „Das ist der geilste Typ, den du jemals sehen wirst. Ich weiß gar nicht, wo ich anfangen soll! Der ist einfach göttlich! Eine Haut, so rein wie Porzellan und Augen, die dich dahinschmelzen lassen. Und wenn du erst diesen perfekten Arsch gesehen hast, dann ist alles vorbei!" Mausi wirft die Arme in die Luft und verdreht die Augen.

Ich habe plötzlich ein Bild von meiner Tante Hiltrud vor Augen. Ja, die hat auch so eine Haubenfrisur und kann reden ohne Unterlass. Überhaupt wirkt Mausi wie eine aufgedrehte Frau in den Fünfzigern und nicht wie ein gerade mal dreißigjähriger Mann.

„Ich sag dir, wenn Angel auftritt, dann weißt du, warum der Laden hier gegen Mitternacht so voll ist!", schnattert Mausi weiter und gerät ganz außer sich. „Das ist einfach der schönste, schöööönste Typ, den man weit und breit finden kann. Ein Engel halt!"

Die Schwärmerei geht mir langsam auf den Keks und ich werfe Sven einen hilfesuchenden Blick zu. Der erbarmt sich auch gleich und relativiert Mausis Lobpreisung ein wenig.

„Also ich kenne keine Engel, die es für Geld machen", sagt er und sorgt damit bei Mausi für entgleisende Gesichtszüge!

„Du willst doch jetzt nicht behaupten, dass Angel ein Stricher ist!", kreischt er empört los. „Zwischen einem Stricher und einem gepflegten Call-Boy liegen immer noch Welten, das kannst du mir glauben!"

Sven grinst. „Aber beide lassen sich für Geld bumsen."

Mausis Mund klappt wieder erschreckend weit auf. Dann dreht er sich mit einem schnittigen Dreh um und redet von jetzt auf gleich angeregt mit Tito. Und wieder mal bin ich vollkommen überrascht von diesem wilden Etwas. Wie kann man denn von einem Moment auf den anderen umschalten? Und tatsächlich hätte ich es nicht für möglich gehalten, dass sich Mausi und Tito wirklich unterhalten können. Aber jetzt gerade sehen die beiden wirklich fast wie ein Paar aus.

„Das reicht wohl fürs Erste", sagt Sven und zwinkert mir zu. „Manchmal braucht Mausi einfach mal 'nen Dämpfer."

„Stimmt das denn mit Angel?", frage ich, weil mir der Gedanke unverständlich ist, dass hier jemand so bewundert wird, der sein Geld mit Prostitution verdient.

„Na, was Genaues weiß man hier eh nicht", antwortet Sven. „Hier redet ja doch jeder das, was er will. Und ehrlich gesagt, ist es mir auch egal, ob sich die Gogo-Boys hier nach der Show noch das Gehalt aufbessern oder nicht."

„Aha, also übertreibt Madame mal wieder …"

Sven lacht. „Na ja, in einer Sache hat Mausi sicher nicht Unrecht: Angel sieht verdammt heiß aus."

Und da ist es wieder, dieses schiefe Grinsen – diesmal aber mit einer eindeutig anzüglichen Note, die ich bislang noch nicht an Sven gesehen habe. Komischerweise finde ich die Vorstellung, dass Sven diesen ominösen Angel auch anhimmelt, ziemlich beunruhigend. Wenn ich ehrlich bin, ertappe ich mich dabei, eifersüchtig zu werden. Dabei verbindet Sven und mich nach einem Tag ja noch nicht mal eine Freundschaft, wenn man es genau nimmt …

„Guck mich nicht so böse an!", sagt mir Sven ins Ohr. Er hält mich dabei an den Schultern und ich habe das Gefühl, ihm jeden Moment in die Arme fallen zu müssen. Aber die Tatsache, dass Sven offenbar meine Eifersucht bemerkt hat, holt mich zurück in diese unwirkliche Realität mit tanzenden Schwulen in schrillen Farben und Housemusik.

„Ich guck doch gar nicht böse", gebe ich leicht verlegen zurück. „Bin halt nur neugierig, auf was für Typen du so stehst."

„Ich steh nicht auf Angel, ich kann nur nicht leugnen, dass er wirklich toll aussieht!"

„Klar", sage ich ironisch, um dem Gespräch eine humorvolle Note zu geben und damit von mir abzulenken.

„Wirklich nicht!", rechtfertigt sich Sven auch gleich. „Ich bin doch nicht bescheuert und schwärme einem Gogo- und Call-Boy hinterher!" Sven schüttelt energisch den Kopf. „Wenn ich mich schon verknalle, dann will ich meinen Kerl auch mit niemanden teilen müssen."

„Schätzchen, du hast die richtige Einstellung", äffe ich Mausi nach und ernte damit großes Gelächter. Nur Mausi guckt mich mit einer Mischung aus Stolz und Wachsamkeit an. Bestimmt versucht er gerade herauszufinden, ob ich sein Theater durchschaut habe und mich nun darüber lustig mache. Dann lächelt aber auch er und das Gespräch kann weitergehen.

Irgendwann kurz vor Mitternacht drängt sich ein rosig aussehender Phil zu uns und begrüßt ausgelassen Mausi und Tito.

„Wie viele hattest du, mein Gott!", schreit Mausi aufgeregt. „Du glühst ja richtig!"

Phil grinst verlegen, hält sich aber mit Details zurück.

„Dass du immer so neidisch sein musst!", wirft Sven dazwischen.

„Neidiiisch???", kreischt Mausi wie von Sinnen.

„Neugierig!", korrigiert Sven und spielt den Schwarzen Peter zurück. „Niemand hat was von neidisch gesagt. Aber wenn du selbst der Meinung bist …"

„Treib es nicht zu weit, Herzchen!", droht Mausi. „Die Mama kann auch böse werden!"

Die Mama kann ganz schön nerven, denke ich mir und bin gespannt auf Angel. Ein Blick auf die Uhr sagt mir, dass es jeden Moment so weit sein muss. Die ganze Aufregung um mich herum um diesen einen Typ reißt mich langsam aber sicher mit. Ich kann mir einfach nicht vorstellen …

Und in dem Moment ist es plötzlich, als sei diese aufgedrehte Seifenblase der aufgesetzten Fröhlichkeit geplatzt. Musik aus, Licht aus, für einen Sekundenbruchteil herrscht Stille. Und dann fangen die ersten an zu pfeifen und zu johlen. Es dauert einen Augenblick, bis ich begreife, dass die Traumwelt noch existiert und es sich nicht um einen Stromausfall handelt. Offenbar gehört der unschmeichelhafte Aussetzer zur Show. Am DJ-Pult ist nur das Licht für die Plattenteller zu sehen. Offenbar legt gleich jemand anderes auf. Das alles dauert mir viel zu lange, obwohl das Licht vielleicht gerade mal eine Minute aus ist. Ich greife neben mich und spüre Svens Hand.

„Alles okay", raunt er mir ins Ohr, als ob ich das nicht wüsste. Ich komme mir ein wenig doof vor. Aber dann setzt mit einem ohrenbetäubenden Schlag ein brachialer Bass ein, viel lauter als die nun sanft erscheinende Housemusik von zuvor. Jetzt bebt wirklich der Boden. Wie elektrisiert stehe ich da mit den anderen jubelnden Schwulen in einer schwarzen Disco und höre ein Techno-Intro, das mit seinem Gewummer und dreckigem Bass und Geklicke und Geknarre nicht von dieser Welt sein kann. Und ganz allmählich schraubt sich dieses kalte Gehämmer zu einem schrill pfeifenden Höhepunkt, bis ich das Gefühl habe, mir würde jemand mit einer Hundepfeife in den Gehörgang pusten. Dann herrscht wieder einen Augenblick lang Ruhe, bis auf dieses Tinitus-Pfeifen aus den Boxen, das die Spannung noch hält. Wieder jubeln ein paar und auch Mausi höre ich aus vollem Hals schreien.

Endlich flackert ein blaues Blitzlichtgewitter los, untermalt von einem noch heftiger wirkenden Sound, dass es scheint, als würde die Märchenwelt in Fetzen gerissen. Überall festgeschossene Bilder von kalt belichteten Schwulen, die die Arme in die Luft werfen und völlig außer sich schreien. Und ich stehe da und begreife noch gar nicht, was eigentlich los ist. Die ganze aufgesetzte Atmosphäre von zuvor hat sich komplett gewandelt. Jetzt stehe ich plötzlich in einem Bunker mit tausenden Wahnsinnigen und das hart flackernde Licht lässt keinen Zweifel, dass nun die Erwachsenenparty beginnt.

Und dann nehme ich in dem unfasslichen Chaos für Augen und Ohren endlich den Jungen wahr, der da über der Tanzfläche auf einer Plattform schwebt und wie ein Wilder tanzt. Fast kommt er mir wie ein Alien vor, mit seinem dünnen Körper und der blau glänzenden Haut. Silberne Stiefel, ein silberner Tanga und das Gesicht ist von einer Silbermaske bedeckt. Ansonsten trägt er lediglich weiße Flügel auf dem Rücken, mit denen er um die Tanzstange zu flattern scheint. Und alles ringsum richtet sich auf diesen Techno-Engel, der das spärliche kalte Licht auf sich zieht, sodass er leuchtet wie eine Gotteserscheinung in dieser dunklen Welt.

„Mach mal den Mund wieder zu, du sabberst", schreit mir Sven ins Ohr und ich zucke zusammen. Natürlich sabbere ich nicht, aber Svens amüsiertem Blick zu urteilen, war ich wohl kurz davor. Peinlich berührt, will ich etwas sagen, aber der dröhnende Elektrosound lässt keine Gespräche mehr zu. Jetzt ist es Zeit zu tanzen. Und tatsächlich tun das alle ringsum. Also fange ich auch an und mir bleibt auch gar nichts anderes übrig. Die Basswellen scheinen meine Beine automatisch zu bewegen. Nach einer Weile grinse ich Sven an und er grinst zurück und endlich verstehe ich, weshalb die Leute wirklich hier herkommen: Nach dem Vocal-House fühlt sich die neue Atmosphäre fast an wie Krieg. Und man zappelt mit. Man macht sich frei von allem anderen, weil es nun etwas gibt, das wichtiger ist als alles. Und so tanzen auch Sven und ich dem wirbelnden Engel in der Mitte zu und spüren das Adrenalin und die Hormone und können nicht anders.

Tatsächlich tanzen wir stundenlang. Ab und zu besorgt Sven Cola, die wir gierig runterkippen und anschließend sofort wieder ausschwitzen. Angel wird hin und wieder von einem Dutzend anderer Tänzer unterstützt, damit er sich unbemerkt davonstehlen kann, nur um wenig später anders zurechtgemacht wieder aufzutauchen. Mal trägt er rot und das ganze Licht in der Disco stellt sich darauf ein, ja sogar die Musik scheint sich irgendwie anzupassen in ihrer donnernden Gewalt. Irgendwann gegen Ende taucht Angel noch mal ganz in Gold auf und wieder jubeln alle, weil sich bestimmt jeder wünscht, eins dieser Metallpigmente an seinem Körper zu sein. Und dann ist es vorbei. Nach vier Stunden. Und ich bin vollkommen erledigt. Von Mausi und Tito ist keine Spur mehr zu sehen. Nur Phil lächelt uns verschwitzt zu, als Sven ihm winkt.

Rauszukommen ist, als ob einen kalte Watte umfängt. Ich glaube, ich werde nie wieder richtig hören können. Aber wenn das der Preis ist, dann hat es sich definitiv gelohnt. Und Sven nimmt meine Hand und lacht und wir schlendern Richtung Auto.

„Hey, hast du mal Feuer?", fragt aus dem dumpfen Off jemand.

Wir drehen uns um und Angel steht am Hinterausgang und hält eine Zigarette in der Hand. Sein Körper ist noch voller Glitter und ich kann nicht anders, als ihn bewundernd anzusehen.

„Klar", sagt Sven und geht auf ihn zu. Aber Angel hält erschrocken inne. Und dann sehe auch ich ihm ins Gesicht.

„Scheiße", sagt Angel.

„Was?", fragt Sven verblüfft und sieht zwischen dem Goldjungen und mir hin und her.

„Hi", presse ich hervor und sehe verlegen zu Boden, weil ich nicht weiß, wie ich mich verhalten soll. Ich hatte ja schon Angst, hier jemanden zu treffen, den ich kenne. Aber niemals hätte ich erwartet, dass ausgerechnet der unscheinbare Andy ein so extravagantes Nachtleben führt.

Andy lacht humorlos auf. Dann nimmt er sich von Sven Feuer, dreht sich um und geht. Ich kann wieder nicht anders, als ihm auf den Hintern zu starren, den Mausi so gepriesen hat. Recht hat er. Und genau dieser Hintern sitzt in fast all meinen Kursen.

„Kennst du den?", holt mich Sven aus meinen Gedanken.

„Ja", sage ich und werde mir erst jetzt bewusst, was das eigentlich bedeutet.

10

„Wie siehst du denn aus?", fragt Bo, der mal in einem Porno mitgespielt hat und noch nicht lange dabei ist. Angel ignoriert ihn einfach. Natürlich weiß er, dass er genau jetzt wie eine Leiche aussehen muss. Für normal interessiert es ihn nicht, was andere Leute denken und wer was über ihn weiß. Aber wenn dann so vollkommen unerwartet sein anderes Leben in sein Arbeitsumfeld rauscht, dann lässt das selbst ihn nicht ganz locker. Schnell verschwindet er in die Garderobe. Ein paar von den anderen Jungs gucken, aber niemand traut sich was zu sagen. Gut so. Angel hat jetzt keinen Kopf für irgendwelche Geschichten.

Steph, ausgerechnet Steph, zuckt es durch seinen Kopf, während er die Glitterflügel ablegt und sich den Tanga aus dem Arsch zupft.

„Alles in Ordnung?", fragt schließlich doch jemand. Angel ignoriert ihn. Das ist Teil seines wirkungsvollen Konzepts: Nur nicht von dieser Welt sein.

Stumm wischt er sich die Goldfarbe vom Körper, was natürlich unter den gegebenen Bedingungen nur unzureichend funktioniert. Wenn die Kohle nicht stimmen würde, hätte er schon längst einen Aufstand gemacht, dass man noch nicht auf die Idee gekommen ist, eine Dusche hier einzubauen. Aber das würde niemals passieren. Zumal für über zehn Jungs eine einzige Dusche natürlich auch nicht reichen würde – zumindest nicht, wenn man keinen Bock auf Anstehen und Zickenterror hat.

Lustlos stampft Angel seine Füße durch die Gammeljeans, an der noch Farbreste der letzten paar Wochen hängen. Auf dem Nachhauseweg interessiert sich ohnehin keiner dafür, wie er aussieht.

Als er fünf Minuten später fertig ist, holt er sich bei Männi sein Geld ab und verschwindet. Draußen wartet seine Kawasaki. Helm auf und ab. Aber trotz der überhöhten Geschwindigkeit, die er hinlegt, kann er Stephs Gesichtsausdruck nicht zurücklassen. Steph hat Angels richtigen Namen zur Arbeit getragen, auch wenn er ihn nicht ausgesprochen hat. Und für einen furchtbaren Moment war Angel nicht mehr Angel gewesen, sondern Andy. Damit hatte wohl niemand gerechnet. Am allerwenigsten er selbst. Schon seltsam, was die Fremden für eine Macht haben, obwohl sie sich nicht mal um ihn kümmern. Und Andy weiß, dass Steph die Geschichte natürlich sofort an Bastian weitertratschen wird und dann weiß es die ganze Schule. Im Grunde kann ihm das egal sein. Er gehört ohnehin nicht dazu. Was kümmert es dann schon, ob sie sich eine Geschichte mehr oder weniger hinter vorgehaltener Hand erzählen. Und trotzdem hat diese Vorstellung etwas Beunruhigendes. Die Möglichkeit, dass es schon bald von Schulkameraden im Club wimmeln könnte, verdirbt ihm jede Gelassenheit.

Andy dreht noch mehr am Gas und legt sich in die Kurve. Er spürt den Schweiß und die Farbe auf seiner Haut, noch immer den Druck der Armriemen für die Flügel. Nein, es macht ihm nichts aus, wenn Leute ihn anschauen, dafür lebt er. Aber dass man seinen richtigen Namen herumträgt, dass der Mythos verwässert, den er um sich herum aufgebaut hat, das stört ihn. Er weiß genau, dass das ein Großteil seines Erfolges ist.

Verdammt, dieser blöde Steph und sein blöder Busenfreund! Aber immerhin gibt es noch die Hoffnung, dass Steph in der Schule ungeoutet bleiben will …

Als Andy wenig später zu Hause ankommt, stürzt er sich gleich ins Bad und wäscht sich die letzten Reste von Angel ab.

11

Ich schleiche mich in die Wohnung, damit meine Eltern nicht aufwachen. Zumindest glaube ich, dass ich schleiche, weil ich noch immer das Gefühl habe, dass ich es nicht hören kann. Die Stille scheint zu Leben und wubbert mir durch die Ohren. Und dazu brennt noch der leicht hingehauchte Kuss von Sven zum Abschied auf meiner rechten Wange.

Möglichst leise schließe ich die Tür zu meinem Zimmer und lasse mich auf mein Bett fallen. Das ist es also. Das ist das Leben, von dem ich bisher nichts gewusst habe. Und wie fast alles in den letzten Stunden, hat auch mein Gesamteindruck Licht- und Schattenseiten. Besorgt denke ich wieder an Andy, sehe wieder seinen goldenen Körper, der noch vom Schweiß glänzt, den knappen Tanga, die flauschigen Flügel mit allerhand Flitter darin und sein ungeschminktes Gesicht, diesmal ohne Maske, dafür aber mit dem Schreck der Erkenntnis in den Augen. Immerhin scheine ich nicht allein zu sein mit meinen Sorgen.

„Was soll schon passieren?", hatte Sven gesagt. „Ich kann mir nicht vorstellen, dass er scharf darauf ist, dass die ganze Schule von seinem Job erfährt."

Natürlich ist da was dran. Aber vielleicht ist Andy ja nicht so – verklemmt wie ich? Ihm kann es doch egal sein, was andere über ihn denken, weil er doch eh keine Freunde hat. Aber ich würde ganz sicher meinen einzigen Freund verlieren. Und erst jetzt fällt mir auf, dass Sven sich möglicherweise zu unrecht so sorglos gibt. Immerhin würde Bastian doch auf diese Weise erfahren, dass er mit mir zusammen in einem Schwulenclub …

Ich bin total nervös und könnte schon bei dem Gedanken, mich jetzt ins Bett legen zu müssen, an die Decke springen. Verzweifelt setze ich mich an den Computer. Kaum bin ich im Chat eingeloggt, springt auch schon ein Fenster auf.

PornoPaul: hab ich mir's doch gedacht *gg*
LonelyBoy: kann halt noch nicht schlafen
LonelyBoy: meine oooohren …
PornoPaul: mach dir keinen kopf!!!
PornoPaul: der ist viel zu schön für sorgenmachen ;)
LonelyBoy: leicht gesagt
PornoPaul: geschrieben ;)

Ich grinse. Zumindest kann ich mir jetzt Svens oberlehrerhafte Stimme dazu vorstellen.

LonelyBoy boxt PornoPaul auf den Arm
PornoPaul: AUA!!! *heul*
LonelyBoy: kommt davon, wenn man mich nicht ernst nimmt
PornoPaul: aber ich nehm dich doch, ernst

PornoPaul: … entschuldige, meinte natürlich steph *kicher*

Jetzt muss ich lachen. Was so ein Komma doch ausmachen kann. Dann wird mir erst mal bewusst, was Sven überhaupt geschrieben hat. Und wieder denke ich darüber nach, dass er vielleicht was von mir will. Schön wär es ja, oder?

LonelyBoy: perversling!!! :-P
PornoPaul: nee, nur pornopaul *gg*
LonelyBoy: machst du dir denn überhaupt keine sorgen?
PornoPaul: nee, warum?
LonelyBoy: na, was ist denn mit bas?
PornoPaul: was soll mit dem sein?

Ich überlege. Irgendwie komme ich mir mit meiner Fragerei doof vor. Ist doch eigentlich prima, wenn Sven keine Sorgen hat. Warum will ich unbedingt so was von ihm hören?

PornoPaul: bastian zieht halt sein ding durch und ich hab mein leben, fertig.
PornoPaul: wenn er nicht mit mir klarkommt, ist das sein problem
PornoPaul: so solltest du das auch sehen

Ich hänge mit den Augen an Svens Zeilen. Natürlich, schon klar. Das hätt ich mir auch denken können. Helfen wird mir das aber trotzdem nicht, weil ich einfach nicht so cool drauf bin. Heute war ja schon echt daneben, aber für immer ohne Bastian klarkommen müssen?

PornoPaul: sorry, wollte nicht den obermacker raushängen lassen
LonelyBoy: ach so heißt deiner *fg*
PornoPaul: wie war das noch mit dem perversling?
LonelyBoy: ich pass mich nur an :)
PornoPaul: nee, is klar

Ich grinse über das ganze Gesicht und meine trüben Gedanken sind für einen Augenblick vergessen. Und dann frage ich mich plötzlich, ob ich Svens Beziehung zu Bastian vielleicht nur abzuchecken versuche, weil ich derjenige bin, der was von ihm will.

PornoPaul: natürlich mach ich mir auch gedanken
PornoPaul: wär doch auch komisch wenn nicht
PornoPaul: ich bin halt nur dafür, dass man nicht gleich in hysterie verfällt und alles schwarz sieht
LonelyBoy: und das mache ich?
PornoPaul: hab ich nicht gesagt *gg*
LonelyBoy: hallo? bin ich mausi oder was???
PornoPaul: *lachwech*
LonelyBoy: nee, schon verstanden
LonelyBoy: erst mal abwarten und bacardi-cola trinken
PornoPaul: na, zumindest ist das nur nen halber marlon
LonelyBoy: WAS HEISST HIER MARLON????????
PornoPaul: *duck*

Ich kann nicht anders und gluckse fröhlich vor mich hin. Wenn ich an das ganze Theater denke, dann bin ich doch der Meinung, dass sich das alles gelohnt hat. Allein schon, weil ich Sven besser kennengelernt habe. Natürlich find ich es zwar immer noch komisch, dass er jetzt quasi mein schwuler Ersatz-Bastian ist, aber damit werde ich schon klarkommen. Und so viel Spaß wie heute hatte ich mit Bastian schon lange nicht mehr …

PornoPaul: wieder alles klar?
LonelyBoy: yap, ich höre jetzt auf hysterisch zu sein und warte einfach ab was passiert
PornoPaul: aber ich muss nicht eifersüchtig sein, oder?
LonelyBoy: hä?
PornoPaul: na, weil du mit dem geilsten gogo-typen zusammen zur schule gehst!

Ich betrachte den letzten Satz. Kein Smiley, keine Abkürzung, dass es ein Scherz ist. Und wieder spüre ich dieses kitzlige Gefühl im Bauch.

LonelyBoy: wenn du wüsstest, wie der in der schule aussiehst, würde sich die frage erübrigen ;)
PornoPaul: na ja, du weißt jetzt, wie er nackt aussieht …
PornoPaul: wenn das mausi erfährt, dann rastet er aus vor neid! *kicher*
LonelyBoy: da er das nie erfahren wird, brauch ich mir darüber keine

sorgen zu machen
PornoPaul: super, du lernst schnell *stolzguck*
LonelyBoy: und was den engel betrifft …

Ich kann es immer noch nicht glauben, dass hinter diesem angebeteten Wunderwesen tatsächlich der Außenseiter Andy steckt. Und wieder blitzt vor meinen Augen sein bemalter Körper auf und der knappe Tanga, der mehr betont hat, als dass er was verbergen konnte. Mausis Worte fallen mir wieder ein, dass Angel für Geld zu haben ist – und Sven hat das auch noch mehr oder weniger bestätigt!

PornoPaul: HALLO???
PornoPaul: willste mich jetzt ärgern??? *grummel*
LonelyBoy: ach, jetzt tu mal nicht so als wärst du wirklich eifersüchtig ;)
PornoPaul: zumindest mach ich mir sorgen um dich!!!
LonelyBoy: warum das?
PornoPaul: na, ich hab gesehen, wie du ihn angeschaut hast
PornoPaul: wenn das nicht mal LIEBE war!!!
LonelyBoy: aber wie hast du so schön gesagt: so ein kerl gehört einem niemals allein …
PornoPaul: richtig, darum mach ich mir ja sorgen
LonelyBoy: brauchst du nicht
LonelyBoy: gefällt mir aber *gg*
PornoPaul: was soll das jetzt wieder heißen???

Ich beiße mir auf die Zunge, obwohl das ja nun mal überhaupt nichts bringt. Ja, was soll das heißen? Dass ich gern mit Sven flirte und mir auch mehr vorstellen kann … Aber das kann ich ihm ja nicht auf die Nase binden.

LonelyBoy: nix, ich bin nur müde
PornoPaul: ich auch …
PornoPaul: morgen weiterchatten?
PornoPaul: oder hast du was vor?
LonelyBoy: morgen ist okay – oder heute, wenn ich ausgeschlafen bin …
PornoPaul: auch das
PornoPaul: cu

LonelyBoy: n8
PornoPaul hat den privaten Chat beendet

Aber ich bleibe noch eine Weile sitzen und lese alles noch mal durch. Und obwohl ich müde bin, wird mein Körper an manchen Stellen plötzlich ganz wach. Doch als ich langsam eine Hand in meine Shorts gleiten lasse, verschwindet Svens Bild vor meinen Augen und ich sehe Andy.

12

Am nächsten Schultag sehe ich Bastian auf dem Pausenhof warten. Ich bin einigermaßen überrascht, weil er lächelnd auf mich zukommt. Natürlich hat das einen Grund: Voller Stolz hält er einen Brief in den Händen und wedelt damit aufgeregt hin und her. So kenne ich ihn gar nicht und irgendwie möchte ich ihn auch gar nicht so kennenlernen.

„Bist also doch noch fertig geworden?", frage ich und kann den leicht beleidigten Ton in meiner Stimme nicht verhindern.

„War ein ganz schönes Stück Arbeit."

„Na, wenn du dafür wirklich das ganze Wochenende gebraucht hast, dann muss der Brief ja sensationell sein."

„Ist er auch", sagt Bastian aufgeregt. „Willste lesen?"

Ich gebe mir Mühe, nicht mein Gesicht zu verziehen. Natürlich habe ich keine Lust. Aber dass Bastian nicht mehr sauer ist, kommt mir gerade wie ein Gottesgeschenk vor.

„Zeig her", presse ich mit zusammengebissenen Zähnen hervor. Bastians Augen leuchten, als ich das Blatt auseinanderfalte und seine sorgfältige Handschrift sehe. Dafür muss er wirklich mehrere Stunden gebraucht haben. Schnell überfliege ich die Zeilen und nicke automatisch mit dem Kopf.

„Und?", fragt er.

„Ganz gut", sage ich. Ich beruhige mein Gewissen mit der Ausrede, dass ich ja keine Ahnung habe, worauf Heteros so stehen. Das ist jetzt nicht mehr meine Welt. Und dann setze ich ein zuversichtliches Grinsen auf.

„Baah, ich bin erleichtert", seufzt Bastian und fällt mir tatsächlich um den Hals. Ich glaube, das hat er noch nie gemacht. „Jetzt kann ich nur noch hoffen, dass Maike es genauso sieht."

„Maike …", entfährt es mir da, weil ich so überrascht bin, dass mir der Name gar nicht mehr so auf die Nerven geht – nicht nachdem ich mit Sven aus war.

„Was?", fragt Bastian sofort verdutzt und schaut mich skeptisch an.

„Ach nix", sage ich schnell.

Bastian runzelt die Stirn. Offenbar habe ich ihn aus dem Konzept gebracht. Und jetzt schaut er mich tatsächlich mal richtig an, ohne seine Maike-Brille.

„Ist was?", fragt er. „Du siehst so anders aus."

Ich muss grinsen, weil ich mich auch ganz anders fühle, aber davon kann ich Bastian nichts erzählen.

„Was hast du denn am Wochenende getrieben?", bohrt er weiter.

„Was soll ich schon gemacht haben?", gebe ich patzig zurück. „Ich hab mich natürlich gelangweilt, während du an deinem Meisterwerk geschrieben hast."

Für einen Augenblick zieht ein Ausdruck von Schuldbewusstsein über Bastians Gesicht, dann gewinnt Maike aber wieder Überhand und er grinst nur. „Meisterwerk also", sagt er voller Stolz.

Das ist so dämlich, dass ich einfach lachen muss. Und Bastian lacht mit. Mir bleibt aber das Lachen im Hals stecken, als ich Andy sehe, der an uns vorbeigeht und mich so seltsam anguckt.

„Was ist?", fragt Bastian und guckt sich natürlich auffällig um. Gott sei Dank geht Andy schnell weiter. In seinen unscheinbaren Schlabberklamotten ist er kaum wiederzuerkennen.

„Warum glotzt der denn so?", mault Bastian und guckt mich wieder misstrauisch an. Ich glaube in seinem Gesicht die Furcht ablesen zu können, dass Andy uns vielleicht für schwul halten könnte und es jetzt all seinen schwulen Freunden verrät. Warum sonst sollte unser Außenseiter so neugierig gucken? Der plant eine schwule Sexparty!

„Ach, lass den doch", sage ich lapidar und hoffe, damit das Thema zu beenden. Tatsächlich spukt mir Andy aber weiter durch den Kopf, denn sein Blick beunruhigt mich. Und so wie Bastian und ich gelacht und wir ihn danach angeschaut haben, muss er das doch auf sich beziehen. Ich schlucke. Was, wenn er jetzt daraus ganz falsche Schlüsse zieht und …

„Geht's dir nicht gut?", reißt mich Bastian aus meinen Gedanken.

„Quatsch, alles in Ordnung", sage ich und lache ein wenig künstlich. Aber als wir schließlich ins Gebäude gehen, fürchte ich, jeden

Moment mit Andy zusammenzustoßen. Verdammt, wie soll ich mich nur verhalten? Die ganze Zeit hatten wir nie was miteinander zu tun und jetzt wissen wir plötzlich übereinander Bescheid und können uns nicht mehr ignorieren, nur weil jeder Angst hat, als erstes sein Gesicht zu verlieren. Das ist doch krank!

„Heute musst du zum Dornfels, oder?", fragt Bastian unvermittelt.

„Ja", murre ich und Bastian grinst.

Ich beschließe, dass ich dringend mit Andy reden muss. Am besten so, dass niemand davon erfährt. Aber wie soll ich das bloß anstellen?

In der ersten Stunde habe ich Deutsch LK. Bastian hat Englisch gewählt und verabschiedet sich von mir, was ich ganz gut finde. Dann kann ich mir wenigstens in Ruhe überlegen, was ich meinen zwei Problemen sage. Aber als ich das Klassenzimmer betrete, fällt mir siedendheiß ein, dass Andy in meinem Kurs sitzt … Und natürlich guckt er mich wieder kurz an, während ich mich nervös auf meinen Platz setze. Nur ein schneller Blick, aber der bringt mich trotzdem vollkommen aus der Bahn. Und das Schlimmste ist, dass es mich total reizt, ihn meinerseits anzustarren. Ich kann es noch immer nicht fassen, dass dieser unscheinbare Junge außerhalb der Schule so was wie ein schwuler Star ist. Ich riskiere doch einen Blick und suche etwas, das an diese Diskonacht erinnert. Aber heute hat Andy seine ganz gewöhnlichen Klamotten an und er sieht aus, als hätte er nach dem Aufstehen nicht einmal in den Spiegel geguckt. Alles an ihm wirkt so unscheinbar und … Andy schaut plötzlich auf und seine eisgrauen Augen treffen mich. Peinlich berührt schaue ich schnell weg und hoffe, dass es niemand im Raum gemerkt hat.

Aber als ich kurz darauf einfach nicht anders kann, als wieder hinzusehen, schaut Andy noch immer zu mir rüber. Mir wird heiß, weil das doch gleich jemandem auffallen wird, dass der so guckt. Andy scheint das aber egal zu sein. Klar, was hat der auch schon zu verlieren! Ich versuche ihn jedenfalls so gut es geht zu ignorieren. Insgeheim finde ich seine blöde Art aber auch cool. Wie ich es generell total faszinierend finde, was er für ein seltsames Doppelleben führt. Tagsüber die graue Maus – oder besser Ratte – und nachts der geile Gayboy, dem alle hinterhergeifern. Ich kann nicht leugnen, dass mich das irgendwie anmacht. Aber das hat nichts mit meinem Leben hier und jetzt zu tun. Und auch in die Disco werde ich nicht mehr gehen, jetzt da ich weiß, dass Andy dort als Angel auftritt.

Und der Dornfels … Was will der nur von mir? Ich finde es schon ziemlich komisch, dass ich extra zu ihm kommen soll. Damit es keiner hört und ich ihm leise gestehen kann, dass ich schwul bin? Irgendwie werde ich das Gefühl nicht los, dass der es weiß. Ist bestimmt selber schwul.

Ich werfe wieder einen Blick zu Andy rüber und bin erleichtert, dass er sich über sein Buch gebeugt hat und was liest. Erst jetzt fällt mir ein, dass er manchmal ziemlich müde aussieht, wenn er morgens zur Schule kommt. Und oft kommt er auch gar nicht, was natürlich keiner bedauert – nicht mal die Lehrer.

Kurz darauf fängt der Unterricht an und ich kann mich kaum konzentrieren, weil ich ständig daran denken muss, dass ich mir das ganze Wochenende immer Andy – oder Angel – vorgestellt habe, wenn ich mir einen …

„Hausaufgaben raus!", sagt der Böke mit seinem drohenden Bass und reißt mich aus meinen Gedanken. Wie schön, dass ich die Hausaufgaben nicht gemacht habe, durchfährt es mich. Damit habe ich mir wieder ein Stundenprotokoll eingehandelt.

Geistesgegenwärtig melde ich mich. „Ich muss mal kurz aufs Klo."

„Und das hat in der Pause nicht geklappt?", fragt der Böke.

„Bin nicht fertig geworden", gebe ich zurück und sorge damit für einen Lacher.

„Mach, dass du raus kommst!" Der Böke nickt zur Tür und ich verschwinde so schnell ich kann. Mir ist nämlich gerade noch eingefallen, dass ich bereits zum dritten Mal die Hausaufgaben nicht habe und damit ein Stundenprotokoll nicht mehr ausreichen würde. Aber auf noch mehr Extraaufgaben habe ich wirklich keinen Bock. Und wenn ich jetzt eine Weile draußen bleibe, vergisst der mich vielleicht und …

Also schlendere ich zum Aufenthaltsraum und lasse mich in einen der Sessel fallen. In der ersten Stunde ist natürlich noch niemand da, also kann ich mir einen Moment Erholung gönnen von den ganzen tausend Gedanken. Versonnen schaue ich mir die in frischem Grün leuchtenden Blätter an, die vor dem Fenster im Sommerwind rauschen. Montag, verdammt. Welcher Arsch hat sich das nur so ausgedacht? Jetzt draußen irgendwo auf 'ner Wiese liegen und einfach nix tun oder ein Buch lesen …

Plötzlich räuspert sich jemand neben mir und ich fahre auf. Es ist Andy, der mich distanziert anschaut.

„Ich wollte dich nicht erschrecken", sagt er mit seiner leisen Stimme.

„Ähm – ja, schon okay", stammle ich los und weiß wieder mal nicht, wie ich mich verhalten soll. Das war doch logisch, dass der mir folgt, oder nicht?

„Ich soll dir vom Böke sagen, dass du dich nicht vor deiner Extraaufgabe drücken kannst."

„Aha, schön", sage ich. Aber das interessiert mich im Moment natürlich überhaupt nicht. Jetzt gerade ist nur wichtig, wie ich jetzt aus *dieser* Situation rauskomme.

„Wenn es dich interessiert, ich habe mir auch eine Strafarbeit eingefangen."

„Warum soll mich das interessieren?", frage ich.

„Vielleicht, weil wir miteinander reden sollten?", erwidert Andy und durchbohrt mich mit seinem Eisblick.

Ich habe mir das ja auch schon gedacht, aber in der Realität sieht ja alles immer ein wenig anders aus. Und irgendwie habe ich keine Ahnung, wie ich jemals mit Andy über das alles reden soll. Trotzdem nicke ich zaghaft.

„Wir werden keine Freunde, keine Angst", sagt Andy unerwartet. „Wir sollten uns nur ein wenig arrangieren, bevor einer von uns beiden Mist baut." Und dann war er wieder verschwunden.

... bevor einer von uns beiden Mist baut. Der Satz schoss mir immer wieder durch den Kopf. Ich weiß, dass er recht hat. Schließlich habe ich keinen Bock, dass die ganze Schule weiß, dass ich schwul bin. Und das wird unweigerlich herauskommen, wenn irgendwer erfährt, dass Andy regelmäßig auf Gayboy-Engelchen macht.

Mühsam raffe ich mich auf, um mir vom Böke meinen Abriss abzuholen. Extraarbeit mit Andy zusammen, na toll.

Als ich den Klassenraum wieder betrete, erfahre ich auch sofort, was sich der Böke für uns ausgedacht hat: „In zwei Wochen stellt ihr uns in einem Gemeinschaftsreferat Thomas Manns ‚Tod in Venedig' vor." Der Böke grinst breit. „Und weil ihr zusammen vortragen dürft, erwarte ich im Anschluss von jedem eine schriftliche Ausfertigung von sagen wir mal vier Seiten.“

Ich sehe zu Andy rüber, der einfach nur nickt und die Strafe hinnimmt. Mich trifft die Extraarbeit aber wie ein Schlag. Nicht nur, dass ich mit Andy zusammen vortragen soll, nein, wir sollen auch noch ein Buch vorstellen, von dem jeder weiß, dass es um einen schwulen Alten geht, der spitz auf 'nen Jungen ist.

Mit rotem Kopf setze ich mich schnell und versuche nicht weiter aufzufallen. Trotzdem habe ich das Gefühl, dass neben und hinter mir gekichert wird.

Nach der Stunde komme ich meiner Pflicht nach und treffe mich mit dem Dornfels im Sprechzimmer. Wie immer ist er freundlich. Aber er guckt mich auch voll lange an, so als ob er etwas sagen will, das er sich doch nicht zu sagen traut. Irgendwie bin ich erleichtert darüber. Also reden wir nur über den Zwischenfall und ob das in Ordnung sei, oder er mal mit dem Kerl reden soll. Lehrer verstehen halt nicht, dass man mit manchen Menschen nicht reden kann. Also sage ich das, was ich sagen muss: „Nee, alles in Ordnung."

Er ist dann auch irgendwie beruhigt und meint, dass ich mit Problemen zu ihm kommen soll. Egal womit. Klar, als wenn das jemand machen würde …

13

Zu Hause werfe ich mich sofort hinter meinen Computer. Bastian hat zwar gefragt, ob wir heute nicht mal wieder irgendwas zusammen machen könnten, aber das musste ich ablehnen. Nicht, dass ich mich darüber nicht freuen würde … Nur habe ich momentan ganz andere Probleme, die ich mit ihm eh nicht besprechen kann. Das kann ich ironischerweise nur mit Sven. Ich glaube, es wäre ein Katastrophe, wenn Bastian irgendwie davon Wind bekäme …

Schnell logge ich mich in den Chat ein und halte nach Svens Nick Ausschau. Für einen schrecklichen Augenblick bin ich mir sicher, dass ich ihn nicht finden werde, weil er … Ja, was macht er überhaupt? Wir haben ja im Grunde die ganze Zeit nur über mich geredet …

Dann finde ich aber doch noch den PornoPaul und öffne mit einem Doppelklick das Chatfenster.

LonelyBoy: hi
PornoPaul: schon wieder hier?
LonelyBoy: nur wegen dir ;)
PornoPaul: das lese ich gern *gg*
PornoPaul: und? wie war die schule?
LonelyBoy: chaotisch
LonelyBoy: bastian will wieder mit mir befreundet sein, ich sehe die

ganzen zeit unseren gay-engel und das schlimmste ist, dass ich jetzt auch noch mit dem strafarbeit machen muss

PornoPaul: strafarbeit?

LonelyBoy: wir müssen zusammen ein referat halten

LonelyBoy: der tod in venedig

PornoPaul: schön

LonelyBoy: und andy will mit mir reden

PornoPaul: och

LonelyBoy: wahrscheinlich schließen wir einen pakt, dass keiner was sagt ;)

PornoPaul: solange ihr nicht mehr schließt …

Erst jetzt fällt mir auf, dass sich Svens Antworten irgendwie komisch lesen. So einsilbig, als ob er beleidigt wäre – oder eifersüchtig … Oder interpretiere ich das nur so?

LonelyBoy: ist was?

PornoPaul: nee, bei dir?

LonelyBoy: nein

LonelyBoy: außer dass ich keinen bock auf dieses referat habe

LonelyBoy: und das gespräch …

PornoPaul: warte doch erst mal ab. wird schon nicht so schlimm werden

Das liest sich schon eher wie Sven. Und trotzdem habe ich das Gefühl, dass irgendwas nicht stimmt. Klar, er hält nichts von Angel, aber eigentlich hat er keinen Grund, Andy gegenüber so skeptisch zu sein. Es sei denn, er ist wirklich eifersüchtig. Diese Aussicht lässt mein Herz überraschend höher schlagen. Aber wie soll ich herausbekommen, ob Sven wirklich was von mir will? Ich will mich ja nicht blamieren …

LonelyBoy: ja, vielleicht ist andy ja doch ganz nett

PornoPaul: ganz sicher

LonelyBoy: hast du was gegen ihn?

PornoPaul: wieso sollte ich?

LonelyBoy: ich frag ja nur

PornoPaul: nee, der ist bestimmt nett

PornoPaul: du, ich muss jetzt wieder los, hab noch ein spätes seminar

LonelyBoy: was denn für ein seminar?
PornoPaul hat den privaten Chat beendet

Wie versteinert sitze ich vor dem Monitor. Was soll das denn jetzt? Ich habe das ganze Wochenende mit Sven gechattet und wir haben uns immer ordentlich verabschiedet … Mein schlechtes Gewissen sagt mir, dass ich zu weit gegangen bin. Also muss Sven sich ja doch irgendwelche Hoffnungen machen.

Ein wenig benommen schalte ich den Computer aus. Plötzlich drängt sich mir die Frage auf, ob Sven vielleicht gar nicht eifersüchtig auf Andy ist, sondern auf mich. Das wäre auf jeden Fall nachvollziehbarer, immerhin ist ja Andy der Disco-Star mit dem heißen Body, nicht ich. Und seine Anspielungen, dass so ein Kerl einem nicht allein gehört – vielleicht ist das ja bloß Verzweiflung, weil er unglücklich in ihn verliebt ist?

Dass er aber einfach so aus dem Chat geht, das schockt mich total. Zumindest fällt mir jetzt wieder ein, dass Sven bei unserem Cocktail nebenbei fallenlassen hat, dass er studiert. Das erklärt dann zumindest das Seminar. Möglicherweise war er einfach spät dran …

Nachdenklich lasse ich mich auf mein Bett fallen und packe das Buch aus, das ich nach der Schule gekauft habe: Thomas Mann, Der ‚Tod in Venedig' . Doch bevor ich es aufschlagen kann, klopft meine Mutter an der Tür.

„Telefon", sagt sie und wirft mir selbiges zu.

Ich gucke sie ein wenig perplex an, weil ich Bastian doch gesagt hab, dass ich heute keine Zeit habe.

„Ein Andy", erklärt meine Mutter vielsagend und verschwindet wieder. Das ist auch gut so, weil ich sofort knallrot werde.

„Was willst du?", sage ich recht unhöflich ins Telefon. Es ist mir total unangenehm, dass Andy jetzt schon bei mir zu Hause anruft. Für einen Moment verfluche ich die Klassenliste, muss aber doch einsehen, dass es noch viel unangenehmere Methoden gegeben hätte, mit mir in Kontakt zu treten – ganz öffentlich in der Schule zum Beispiel …

„Wir wollten reden", sagt Andy monoton. „Also, wann willst du vorbeikommen?"

„Vorbeikommen?", frage ich überrascht.

„Oder ist es dir lieber, wenn ich dich besuche?"

„Nein", sage ich ein wenig zu schnell und zu laut. „Ich meine, das ist schon in Ordnung, wenn ich zu dir komme."

„Gut, bringst du das Buch mit und was wir sonst noch brauchen?"

„Ja", antworte ich und runzle die Stirn, „aber das Buch solltest du dir auch kaufen – oder ausleihen."

„Ich habe den Inhalt gegoogelt. Also bis gleich."

Bevor ich noch was sagen kann, hat Andy schon aufgelegt. Aber dieses kurze Gespräch reicht schon, um mir einen Eindruck von den bevorstehenden Auseinandersetzungen zu machen. Wenn ich meine Eins nicht verlieren will, muss wohl ich die ganze Arbeit machen. Wütend drücke ich auf die Auflegentaste und stehe auf.

„Schulkram?", fragt meine Mutter, die gerade mit einem Stapel Wäsche wieder reinkommt.

„Ja", murre ich in einem Tonfall, der klarmacht, dass damit jegliches Nachhaken verboten ist. Missmutig packe ich meine Sachen und mache mich auf den Weg.

Als ich eine halbe Stunde später vor der Haustür stehe, spüre ich, dass mir ganz flau im Magen ist. Ich werde gleich Andys Eltern kennenlernen, die natürlich nichts davon wissen, was ihr Sohn nachts so treibt. Das wird sicher eine ganz komische Sache. Um so überraschter bin ich, dass Andy mir die Tür aufmacht und mich in eine kleine Einzimmerwohnung führt, die er offensichtlich allein bewohnt. Zumindest gibt es vom Flur aus nur drei Türen. Eine zum Bad, eine führt in eine Miniküche und dann gibt es noch ein mittelmäßig großes Zimmer.

„Wohnst du allein?", frage ich überrascht.

„Ja", kommt es wortkarg zurück. „Du kannst dich hinsetzen, wo Platz ist."

Mir wird klar, wie wenig ich überhaupt von Andy weiß. Weil sich ja niemand für ihn zu interessieren scheint, gibt es auch keinerlei Infos, die die Runde machen. Und dass jemand aus der Oberstufe allein wohnt, das hätte sicher sofort bewundernd Kreise gezogen.

„Ähm, wie machst du das denn?", frage ich, während ich mich auf eine schmale Couch setze, die Andy wohl gerade erst zusammengeschoben hat, weil sie ihm auch als Bett dienen muss.

„Was?" Er guckt mich ausdruckslos an.

„Na, allein wohnen", erkläre ich und sehe mich um. Flachbildfernseher, Playstation. Auf dem Boden liegen eine Motorradkluft und zwei Helme. Sieht alles ziemlich cool aus, auch wenn es nicht wirklich aufgeräumt ist. Und groß ist es auch nicht. Dafür nervt aber auch niemand.

„Wie man das so macht", sagt Andy. „Ich krieg Kohle von meinem Alten und der ist froh, dass er mich los ist. Und den Rest verdiene ich mir halt dazu."

Ich muss wieder an Mausi denken, der es nicht schlimm findet, wenn ein so gutaussehender Junge es hin und wieder mal für Geld macht. Und plötzlich sehe ich die coolen Geräte mit anderen Augen.

„Was trinken?", fragt Andy.

„Ähm, nein", sage ich.

„Musik?"

Erst jetzt sehe ich die Boxen, die etwas versteckt neben der Bettcouch stehen. „Klar", sage ich, noch bevor ich mir in Erinnerung rufe, dass ich zum Reden und zum Arbeiten hier bin, nicht zum Musikhören.

Andy nimmt einen grünen iPod vom Couchtisch und sucht etwas aus, dann stellt er den Player in eine Halterung und sofort durchzieht in gemäßigter Lautstärke ein Knurren und Knacken das Zimmer.

„Was ist das denn?", frage ich blöd, weil ich eigentlich mit was anderem gerechnet habe.

„Slam aus der Sci-Fi-Hi-Fi-Reihe."

„Bitte was?"

Andy lässt sich mir gegenüber mit einem Seufzer auf den Sitzsack fallen. „Wenn du dich nicht mit richtiger Mucke auskennst, dann frag doch nicht."

„Richtige Musik ist mit echten Instrumenten, und Gesang schadet auch nicht", sage ich patzig.

Zum ersten Mal zeigt Andy einen Hauch von einem Lächeln. „Bei Gesang kann ich mich nicht konzentrieren."

Ich überlege, ob ich ihm sagen soll, dass ich mich bei dem stumpfen Getucker nicht konzentrieren kann, verzichte aber darauf. Irgendwie passt diese Musik zu Andy – oder zu Angel. Technisch, gefühlskalt und auf eine ziemlich schräge Art auch interessant. Und wieder kann ich nicht leugnen, dass von diesem Jungen eine seltsame Anziehungskraft ausgeht. Es kommt mir vor, als würde Andy in einer ganz anderen Welt leben, die zwar neugierig macht, aber gleichzeitig auch abschreckt.

„Gut, fang ich mal an", sagt Andy und beugt sich geschäftsmäßig vor. „Ich hab keinen Bock, dass irgendwer aus der Stufe im Club auftaucht, okay?"

„Ich hatte nicht vor, jemanden mitzubringen."

„Wer war denn dein Schnuckel?"

Ich schlucke. *Mein Schnuckel.*

„Ist ja auch egal", redet Andy auch schon weiter. „Bist wohl noch nicht geoutet, was?"

Ich schüttle zaghaft den Kopf.

Wieder zeigt Andy diese Andeutung von einem Lächeln. „Dann haben wir wohl einen Deal."

„Gut", ringe ich mir ab. Zwar ist noch nichts ausgesprochen, aber ich kann auch gern darauf verzichten. Ich finde es total komisch, mit jemandem aus meiner Schule übers Schwulsein reden zu müssen. Dabei würde ich möglicherweise gern die ein oder andere Frage loswerden. Zum Beispiel, ob Andy wirklich anschaffen geht. Aber warum interessiert mich das? Im Grunde ist es doch auch klar, wenn ich die ganzen Klamotten hier sehe. Und dass er geoutet ist, leuchtet auch ein. Wahrscheinlich ist das der Grund, weshalb er eine eigene Wohnung hat. Na, wenn das der Preis ist, dann verzichte ich gern auf ein erwachsenes Leben. Vielleicht erklärt das auch, weshalb Andy so seltsam ist in der Schule – und überhaupt. Irgendwie kann er einem leid tun …

„Noch da?", reißt mich Andy in die Realität zurück.

„Ja, natürlich", antworte ich schnell.

„Na, und? Wie machen wir das mit dem Referat?"

Mit einem Mal scheinen die Grenzen abgesteckt zu sein und Andy wirkt viel lockerer. Ich erkläre ihm kurz, wie ich meine Referate immer aufbaue und dass ich natürlich erst mal das Buch lesen werde, was er auch tun sollte.

„Kannst es mir ja leihen, wenn du fertig bist", gibt Andy zurück. „Willst du jetzt was trinken?"

Diesmal nehme ich an.

14

Mittlerweile ist es schon kurz nach Mitternacht und ich sitze immer noch vor dem Computer. Das Warten macht mich ganz mürbe. Sven hat mir doch gesagt, dass er jeden Abend zumindest kurz im Chat ist. Und ich werde das Gefühl nicht los, dass er wegen mir nicht online geht.

Gerade als ich ausmachen will, taucht sein Nick in der Liste auf. Sofort führe ich den kleinen Pfeil hin und will schon klicken, überlege es mir dann aber doch noch mal anders. Ich warte wieder. Warte, dass das bekannte Fenster aufgeht und er was schreibt. Nervös wippe ich mit dem Fuß.

PornoPaul: hi, du bist ja noch wach

Na endlich, durchfährt es mich und ich haue erleichtert in die Tasten.

LonelyBoy: klar
PornoPaul: und?
LonelyBoy: alles ok
PornoPaul: schön

Schon wieder so ein bescheuerter Dialog ohne Inhalt. Irgendwas stimmt da doch nicht.

LonelyBoy: und? wie war dein seminar?
PornoPaul: nervig
LonelyBoy: worum ging es denn?
PornoPaul: thomas mann
LonelyBoy: echt??? *lach*
PornoPaul: na ja, nur indirekt.
LonelyBoy: hääää???
PornoPaul: soll heißen, dass ich in gedanken eher bei dir war ;)

Wieder fühle ich mich in meinen Vermutungen bestätigt. Und das Hüpfen in meiner Brust sagt mir, dass ich mich darüber freue.

PornoPaul: mach mir halt so meine gedanken …
LonelyBoy: worüber denn?

Mein Herz schlägt jetzt richtig wild. Wie soll ich ihm bloß schreiben, dass ich ihn auch – nett finde. Bloß nett? Verdammt …

PornoPaul: na ja, du bist halt noch ein wenig grün hinter den ohren *gg*
LonelyBoy: aha???
PornoPaul: ich will halt auf dich aufpassen
PornoPaul: und dann die sache mit angel …

PornoPaul: ich mach mir halt gedanken, dass der dich auf die falsche spur bringt
LonelyBoy: was ist denn die richtige spur???

Ich kann nicht glauben, was ich da gerade lese. Das ganze Theater nur, weil Sven einen Papakomplex hat?

PornoPaul: na, du weißt schon. ich hab dich schließlich mitgenommen, da muss ich doch auch ein wenig aufpassen, oder?
LonelyBoy: bist du mein vater oder was??????
PornoPaul: hey hey, nicht gleich böse werden
PornoPaul: ich will doch nur nicht, dass du so wie die anderen wirst …
LonelyBoy: ach, du meinst so wie deine freunde????
PornoPaul: steph, komm mal wieder runter!
LonelyBoy: NENN MICH NICHT STEPH!!!!!!!!
PornoPaul: na, wie soll ich dich denn sonst nennen??? *GG*

Jetzt klopft mein Herz aber aus einem ganz anderen Grund. Bislang fand ich es ja toll, dass sich Sven um mich kümmert. Aber mit einem Mal geht mir dieser Oberlehrerton auf den Sack. Und dann diese väterliche Anrede mit dem Namen. Darauf kann ich ja mal gar nicht …

PornoPaul: hey, was ist denn plötzlich los mit dir? *anstups*
PornoPaul: bist du sauer auf mich???
PornoPaul: hallo????

Ich hadere mit mir. Soll ich den Chat einfach beenden? Und dann? Ins Bett mit diesem Gefühl, plötzlich wieder ganz allein zu sein? Aber bin ich denn wirklich allein? Der Nachmittag mit Andy war schließlich doch überraschend angenehm. Und Bastian hat ja schließlich auch wieder angefragt, ob wir was zusammen machen. Nur, mit wem kann ich denn über die wirklich interessanten Dinge reden? Das geht nur mit Sven. Und die letzten Tage waren einfach nur gigantisch. Will ich das wirklich aufgeben, um wieder zurück in mein altes Langweilerleben? Sven kann doch nichts dafür, dass ich mir ein paar bescheuerte Hoffnungen gemacht habe … Diese Erkenntnis trifft mich wie ein Schlag. Ja, ich habe tatsächlich gehofft, dass Bastians Bruder in mich verknallt ist und … Ja, was dann? Wie soll denn so was funktionieren? *Ach*

Bastian, ich schlaf heute aber bei deinem Bruder im Bett. Ich bin doch total …

PornoPaul: wollte dich nicht ärgern
PornoPaul: sorry
PornoPaul hat den privaten Chat beendet

Mir stockt der Atem. Verdammt! Jetzt hab ich doch tatsächlich so lange nichts gesagt, bis Sven aufgegeben hat … Hastig suche ich seinen Nick in der Liste, bevor er ganz aus dem Chat verschwinden kann.

LonelyBoy: warte

Hoffentlich sieht er das noch. Mir fällt ein, dass ich nicht mal Svens Handynummer habe. Wenn er jetzt weg ist, dann muss ich bis morgen warten und … Ich versteh mich gerade selbst nicht mehr. Wäre das denn so schlimm?

LonelyBoy: noch da???

Atemlos warte ich, dass Sven antwortet. Und langsam wird mir klar, dass ich es bin, der sich verknallt hat. Ein Scheißgefühl, wenn man weiß, dass es kein Happy End geben wird. Und mit Sven ist das ja mal so was von ausgeschlossen.

LonelyBoy: halloooohoooo

Was er wohl gerade denkt? Vielleicht hat er das alles ja schon durchschaut. Welch Ironie. Während ich die ganze Zeit darüber spekuliere, ob er was von mir will, hab ich mich selbt in ihn verguckt. Und am Ende stellt sich heraus, dass er nur nett sein will und mir das nicht reicht.

Ich denke an die letzten Male, als ich verliebt war. Der süße Typ zwei Jahre über mir letztes Jahr. Wann immer ich ihm über den Weg gelaufen bin, hab ich gedacht, dass es mich zerreißt. Und trotzdem habe ich überall nach ihm Ausschau gehalten. Und niemand durfte es wissen. So was ist doch Scheiße!

Aber es geht auch vorbei. Der Typ hat sein Abi gemacht und war weg und ich plötzlich selbst in der Oberstufe. Vielleicht drei Monate. Das war's. Mit Sven dürfte es schneller gehen, weil ich ihn ja im

Grunde nie sehen muss.

PornoPaul: sorry, war im bad
PornoPaul: ZÄHNE PUTZEN!!!
LonelyBoy: das ist wichtig

Sofort habe ich wieder ein Schmunzeln auf den Lippen, auch wenn dieses magenumwälzende Gefühl nicht weggeht. Das wird es wahrscheinlich auch die nächsten drei Monate nicht tun.

PornoPaul: ich wollte dich nicht bevormunden, ok?
LonelyBoy: ok
PornoPaul: ist nur so, dass du bei diesem angel vorsichtig sein musst
LonelyBoy: andy
PornoPaul: ja
PornoPaul: ich will ja nur nicht, dass du dich in den verknallst und dann …
PornoPaul: alles scheiße ist, oder so
LonelyBoy: ich verknall mich nicht in den!!!
PornoPaul: versprochen???
LonelyBoy: versprochen

Na, so ein Versprechen geb ich natürlich gern. Und wieder kichert irgendwo in meinem Schädel die Ironie. Ich muss demjenigen, in den ich verschossen bin, versprechen, dass ich mich nicht in jemanden anderes verknalle. Im Grunde total dämlich, weil mich ja gerade jemand anderes auf andere Gedanken bringen könnte. Und Abstand von Sven wäre vielleicht gar nicht so schlecht.

LonelyBoy: andy ist auch gar nicht so schlimm wie du glaubst
PornoPaul: das sagt der mann mit erfahrung …
LonelyBoy: und wer bist du???
PornoPaul: PornoPaul *lach*
LonelyBoy: ich mein es ernst!!!
LonelyBoy: ich hab heute mit ihm für das referat gearbeitet
PornoPaul: oh, lass mich raten, er war der überflieger?

Irgendwie ärgert es mich, dass Sven immer über alles Bescheid weiß. Natürlich hat Andy überhaupt keinen Schimmer von irgendwas.

Er hat mir doch tatsächlich gesagt, dass er Deutsch LK nur gewählt hat, weil er Deutsch für einfacher hält als die anderen Fächer – bis auf das Lesen, das nervt natürlich schon gewaltig ab.

LonelyBoy: er hat sich mühe gegeben
PornoPaul: ist das jetzt der code für: er hat mir koks angeboten?
LonelyBoy: nein, ist er nicht!!!
PornoPaul: na gut, ich hör jetzt auf
LonelyBoy: danke
PornoPaul: ich muss morgen früh raus
PornoPaul: gute nacht
LonelyBoy: n8
PornoPaul hat den privaten Chat beendet

Zumindest haben wir diesmal eine Verabschiedung hinbekommen, auch wenn ich mich mit den zwei zeichen ziemlich beeilen musste. Irgendwie habe ich noch immer das Gefühl, dass da mehr hintersteckt, als Sven zugeben will. Aber jetzt kann ich mir natürlich nicht mehr trauen. Ich hätte das einfach gern so.

Und was Andy angeht, ist Sven schon wieder verdammt nah drangewesen. Als ich das Angebot mit dem Getränk schließlich angenommen habe, hat mir Andy natürlich wortlos eine Flasche Bier hingestellt. Na ja, Bier ist zwar kein Kokain, aber wenn ich das Sven erzähle, sieht er doch sofort seine schlimmsten Befürchtungen bestätigt.

Ich schalte endlich den Computer aus und denke dabei an den Nachmittag mit Andy. Nach dem Bier war es sogar richtig entspannt gewesen und wir haben ein wenig über Quatsch geplaudert, bis er irgendwann gefragt hat, ob das Referat jetzt fertig sei.

Fast lache ich laut auf, als ich daran denke. Kopfschüttelnd gehe ich zu Bett. Einen Augenblick überlege ich, mir den ‚Tod in Venedig' vorzunehmen, dann schalte ich aber doch das Licht aus und hänge meinen Gedanken hinterher. Und schon wieder ist es Andy, an den ich denken muss mit der Hand in der Hose. Das ist mir auch lieber, weil so viel unkomplizierter. Andy hat keinen Bruder, mit dem ich befreundet bin. Andy hat nicht mal Eltern, die ich kenne. Dafür hat er einen engelsgleichen Körper, der golden an meinem abfärbt …

15

Am nächsten Tag läuft alles normal. Bastian quatscht wie schon seit Wochen von Maike und bekommt nichts anderes um sich herum mit. Ich steure dem Monolog in regelmäßigen Abständen mein „mmh" bei, damit er glaubt, ich höre tatsächlich zu. Und von Andy ist weit und breit keine Spur. Der einzige Unterschied bin ich. Ich habe mich verändert, weil ich jetzt plötzlich weiß, dass es noch mehr gibt, als dieses monotone Spiel, das nirgends hinführt. Wohin die maskenhafte Märchenwelt voller Mausis und Engel allerdings führen soll, weiß ich auch nicht. Aber ich spüre, dass ich es gern herausfinden würde. Und dann ist da natürlich noch Sven, an den ich die ganze Zeit denken muss. Während vorn der Unterricht läuft, mache ich in Gedanken eine Liste, worüber ich heute abend mit ihm chatten will. Da wäre als erstes mal ein neuer Termin für einen Diskobesuch. Diesmal aber in einem anderen Club, in dem ich nicht Angel begegnen werde. Insgeheim wünsche ich mir natürlich, dass aus uns doch noch irgendwie was wird, wenn wir nur oft genug miteinander ausgehen.

„Du träumst", sagt Bastian und stößt mich an. Unsere einzige gemeinsame Stunde heute, ansonsten hat Bastian konsequent andere Kurse gewählt. Ob er das wohl extra gemacht hat? Ich meine, wer belegt schon freiwillig Religion, wenn er Philosophie wählen kann? Und Deutsch abwählen, dafür aber Mathe als Leistungskurs? Niemals! Zumindest glaube ich, dass Bastian die Kurse nach seinen Interessen gewählt hat und nicht, um vor mir Ruhe zu haben.

„Ich könnte ja auch den ganzen Tag träumen", flüstert Bastian und wirft einen vielsagenden Blick nach vorn. Da sitzt natürlich Maike. Verdammt, wie kann ich überhaupt auf die Idee kommen, dass Bastian vor mir flüchten wollen könnte? Ich bin doch derjenige, der in den letzten Wochen unter akutem Fluchtreflex leidet.

„Mmh", mache ich artig und sehe Bastian dabei zu, wie er seinerseits wieder in Fantasien abtaucht. Wenn er wüsste, dass ich währenddessen an seinen Bruder denke …

„Meinste, ich soll ihr heute den Brief geben?"

„Mmh", gebe ich als Antwort. Dann runzle ich die Stirn. „Ich dachte, du hättest ihn schon gestern abgegeben!"

„Scht!", macht Bastian, weil ich ein wenig zu laut gesprochen habe. „Ich hab mich halt noch nicht getraut."

„Du kannst natürlich auch warten, bis sie verheiratet ist und Kinder hat. Es könnte dann aber sein, dass sie …"

„Ach …" Bastian schlägt mir auf den Oberschenkel. Etwa da, wo er mich angefasst hat, als er Maike zum ersten Mal gesehen hat. Ich frage mich gerade, ob Bastian sich an solche Augenblicke erinnern wird, wenn er irgendwann von meinem Schwulsein erfährt. Wahrscheinlich wird dann nachträglich jede Berührung in ein schwules Licht getaucht und ganz anders bewertet. Dabei war ich niemals in ihn verknallt – zumindest nicht so, dass es ernst war. Und eigentlich müsste er froh sein. Immerhin kann er sich bei mir doch sicher sein, dass ich ihm niemals die Freundin ausspannen werde.

In der Pause fragt er schon wieder, ob wir heute was machen. Da meine Toleranzgrenze, was Maike-Schwärmerei angeht, gerade recht hochliegt, sage ich zu. Es ist schon komisch, wie wenig mir der Gedanke plötzlich ausmacht, nicht mehr so viel mit Bastian zu tun zu haben. Vor ein paar Tagen hätte ich deswegen noch die Wände hochlaufen können. So ist das also, wenn sich plötzlich die Prioritäten verschieben und man andere Interessen hat. Dann ist der beste Freund schon mal eher lästig. Na, zumindest weiß ich jetzt, wie er sich fühlen muss.

In Mathe erzählt der Dornfels gerade, was wir alles im Gegensatz zum Leistungskurs nicht machen. Das höre ich gern. Und sofort schweife ich mit den Gedanken ab, weil Dinge, die wir ohnehin nicht machen müssen, ja auch keine Aufmerksamkeit erfordern. Lehrer sind schon manchmal lustig …

Etwa zehn Minuten später geht die Tür zum Klassenraum auf und Andy kommt rein.

„Tschuldigung", sagt er leichtfertig und setzt sich auf seinen Platz. Der Dornfels runzelt die Stirn.

„Verschlafen", legt Andy nach, als wäre es das Selbstverständlichste überhaupt, dass man erst zur letzten Stunde erscheint, weil man den Wecker nicht gehört hat. Die Klasse lacht verhalten. Mir fällt auf, dass die Szene bei jedem anderen ganz sicher für mehr Gelächter gesorgt hätte. Irgendwie verstehe ich nicht so recht, wie Andy dermaßen unbeliebt werden konnte. Natürlich ist mir klar, dass seine ganze Art total distanziert ist. Aber irgendwen gibt es doch immer, mit dem man sich versteht. Und eine solche Frechheit wie gerade müsste doch eigentlich bei einigen auf volle Zustimmung treffen. Zumindest ich kann nicht leugnen, dass ich den Auftritt gerade ziemlich cool finde. Der Dornfels schüttelt noch immer den Kopf, weil er nicht weiß, was er dazu sagen soll. Und Andy interessiert sich überhaupt nicht dafür. Warum hat er sich überhaupt die Mühe gemacht, heute herzukommen? Für eine halbe Stunde!

Mit einem Mal ist Sven vergessen, weil ich immer wieder Andy im Blick habe. Er sitzt zwei Reihen vor mir und ich schaue ihm geradewegs auf den Rücken. Nicht mal die Mühe macht er sich, sein Buch oder ein Heft oder was auch immer rauszuholen. Er sitzt einfach da und hört scheinbar zu. Verdammt, das muss ein Leben sein. Keine Eltern, die andauernd nerven und sich Sorgen machen, dass man auch nur ja pünktlich zur Schule kommt und genug zu Essen mitnimmt. Und die ganzen Klamotten, die sich Andy leisten kann. Der hat tatsächlich 'ne Kawasaki vor der Tür stehen! Und wieder irritert mich, dass Andy nicht offensiver mit seinen Möglichkeiten umgeht. Zumindest kann ich mich nicht erinnern, dass er jemals mit dem Motorad zur Schule gekommen wäre. Welcher Typ macht denn so was? Wer setzt sich freiwillig in die Bahn, wenn er ultracool auf der eigenen Maschine anrauschen kann? Wenn ich da an den bescheuerten Daniel denke, der von seinen Eltern alles in den Arsch gesteckt bekommt. Der läuft hier durch die Gänge, als wäre er der King, nur weil er ein eigenes Auto hat, mit dem er zur Schule fährt. Und überhaupt, Andy könnte sich ganz anders kleiden und damit ganz sicher bei den meisten punkten. Wieso will er das nicht? Sein Leben könnte doch so viel einfacher sein …

Ich bin von dieser Widersprüchlichkeit dermaßen fasziniert, dass ich erst beim zweiten Mal mitbekomme, dass der Dornfels was von mir will.

„Keine Ahnung", sage ich und es kommt nicht halb so lässig und cool rüber, wie Andy es gekonnt hätte. Mit rotem Kopf gucke ich ins Buch und hoffe, dass niemand gemerkt hat, wie ich Andy Löcher in den Rücken starre. Jetzt warte ich auch nur, bis die Stunde endlich vorbei ist. Und es dauert eine Ewigkeit, bis es endlich klingelt und ich meinen Kram zusammenpacken darf.

Konzentriert vermeide ich es, Andy auch nur einmal anzusehen, während ich rausgehe. Eilig laufe ich die Treppe hinunter und trete auf den Hof. Die heiße Mittagssonne umfängt mich. Fühlt sich richtig befreiend an, nach den ganzen Stunden endlich an der Luft zu sein und Feierabend zu haben. Und dann fällt mir ein, dass ich mit Bastian verabredet bin. Ich muss warten.

„Eilig, eilig", sagt Andy plötzlich neben mir und ich fahre erschrocken herum. „Ich warte oben auf dich am Lehrerparkplatz."

Noch bevor ich was erwidern kann, lässt Andy mich stehen. Nervös schaue ich, ob uns jemand gesehen hat. Aber alle scheinen mit sich selbst beschäftigt zu ein. *Ich warte oben* … Verdammt, was will der jetzt von mir? Ich bin für einen Moment hin- und hergerissen. Kann ich einfach so abhauen, obwohl ich doch mit Bastian verabredet bin? Genau in diesem Augenblick kommt er natürlich auch schon aus dem anderen Gebäude und sieht sich um. Noch hat er mich nicht gesehen. Automatisch trete ich ein paar Schritte zurück, sodass ich wieder im Eingang stehe. Bastian wartet auf mich. Und ich weiß nicht, was ich tun soll, immerhin glaube ich kaum, dass Andy wirklich geduldig sein wird … Verdammt, was will der Kerl?

Mit einem Seufzer drehe ich mich um und laufe in die andere Richtung zum Lehrerparkplatz. Natürlich habe ich ein endlos schlechtes Gewissen, weil ich Bastian versetze. Aber für Diskussionen habe ich jetzt wirklich keine Zeit. Muss er halt allein nach Hause und ich sage ihm nachher, dass ich schon früher gegangen bin. Ist ja nicht so, dass ich unser Treffen ausfallen lassen muss. Ich muss nur zuerst Andy loswerden …

„Ah, ich dachte schon, du kommst nicht", sagt Andy, als ich auf den Parkplatz hinter dem Haus trete. Immerhin dürfen hier nur Lehrerfahrzeuge stehen, weshalb uns auch niemand sehen wird.

„Was willst du?", frage ich und spüre meine Ablehnung.

Andy lächelt. Ja, tatsächlich, seine Mundwinkel sind mal richtig weit auseinander, nicht nur dieses angedeutete ›Ich-bin-zu-cool-um-freundlich-zu-sein-Lächeln‹.

„Ich hab gedacht, wir müssen uns auf unser Referat vorbereiten?", sagt er frech.

„Wir? Soweit ich weiß, hast du noch gar nichts getan!"

„Coole Laune", entgegnet Andy und wirft mir einen großen, schwarzen Ball zu. Verblüfft fange ich das Teil auf. Es ist ein Motorradhelm. Erst jetzt sehe ich, dass Andys Kawasaki zwischen den Autos steht und ein zweiter Helm am Lenker hängt.

„Was …", fange ich an, bin aber gerade überfordert.

„Wir lernen heute auf meine Art", sagt Andy knapp und stülpt sich seinen Helm über.

„Ich – ich kann nicht …" Ich denke wieder an Bastian, der ganz sicher immer noch auf dem Hof steht und auf mich wartet. Und da soll ich jetzt mit Andy auf dem Motorrad an ihm vorbeibrettern?

„Ich kann nicht", äfft mich Andy nach. „Ich hab mir den Scheiß mit dem Referat nicht ausgedacht!"

„Ja ich etwa?"

„Nee, also halt die Klappe und komm."

Und plötzlich habe ich tatsächlich den Helm auf und sitze hinter Andy auf dem Sozius.

„Was soll das werden?", mault Andy und greift nach meinen Armen, die er sich in die Seiten drückt. „Halt dich fest!"

Natürlich ist es mir unangenehm, so eng bei Andy zu sein. Aber er hat natürlich recht. Peinlich berührt, rutsche ich auf dem Sitz zurecht, die Hände an seinen Flanken und mein Schritt knapp hinter seinem Hintern.

„Halt dich fest!", sagt Andy noch mal, dann startet er die Maschine und fährt mit einem Ruck los. Und schnell wird klar, dass die Zugeständnisse, die ich beim Körperkontakt schon gemacht habe, nicht ausreichend sind. Plötzlich liege ich an Andys Rücken, den ich vorhin ausgiebig angestarrt habe, und mein Schritt presst sich gegen ihn, während ich meine Arme ganz um ihn lege. Tatsächlich bin ich noch nie auf einem Motorrad mitgefahren, trotzdem glaube ich, dass Andy absichtlich ruppig fährt, damit ich ihn berühren muss.

Und dann sind wir plötzlich schon im Straßenverkehr und ich habe nicht mal mitbekommen, wie wir das Schulgelände verlassen haben. Bleibt nur zu hoffen, dass Bastian mich nicht gesehen hat. Ich wüsste gar nicht, wie ich ihm das erklären sollte.

Andy gibt Gas. Wir fahren auf einer Landstraße Richtung Autobahn.

„Wo willst du hin?", rufe ich, merke aber, dass das wohl zwecklos ist. Also bleibt mir nichts anderes übrig, als mich in mein Schicksal zu fügen und mich überraschen zu lassen. Und Sven darf ich auch nichts davon erzählen …

16

„Na? Hat's Spaß gemacht?", fragt Andy wieder ganz ausdruckslos, als er seinen Helm abnimmt.

Ich stehe schon neben dem Motorrad, weil ich möglichst schnell wieder einen gewissen Abstand zwischen uns bringen wollte. Nicht nur, dass ich ihn ja quasi umarmen musste, sondern auch die recht sexuelle

Sitzposition ist mir noch immer ziemlich unangenehm. Und dass ich zu allem Überfluss auch noch bei dem Gedanken daran entsprechend reagiert habe, mich aber nicht von Andy lösen konnte, sorgt jetzt wahrscheinlich für eine ziemlich rosige Gesichtsfarbe. Ob er wohl was davon mitbekommen hat?

„Was machen wir hier?", frage ich, anstatt eine Antwort zu geben. Ich will das Thema möglichst weit weg von meiner Körpermitte lenken.

„Wirste schon sehen", gibt Andy knapp zurück und stellt die Maschine ab. Ich sehe mich um, befinde mich aber in einer ganz gewöhnlichen Wohnsiedlung. Hier und da scheint ein kleines Geschäft zu sein oder ein Büro. Gleich hinter mir lese ich auf einem Fenster mit roten Vorhängen dahinter die Aufschrift ›Sternenstaub‹. Etwas kleiner darunter sehe ich: ›Massage-Salon‹. Unwillkürlich muss ich grinsen, weil der Laden von außen alles andere als seriös aussieht. Eher so, als ginge es bei dieser Massage um Sex.

„Genau", sagt Andy auch schon und geht auf die Tür neben dem Fenster zu.

Wie vom Donner gerührt bleibe ich stehen. Nein! Das kann jetzt echt nicht wahr sein! Sofort schießen mir Svens Worte durch den Kopf, dass ich bei Andy aufpassen soll.

„Jetzt komm schon, wir haben einen Termin", drängelt der.

„Was soll der Scheiß?", frage ich aufgebracht. „Ich denk, du willst an dem Referat arbeiten?"

„Du hast doch gesagt, dass ich nichts dafür tue!"

„Was hat das denn jetzt damit zu tun?"

„Na, wenn du entspannt bist, regst du dich weniger darüber auf." Jetzt lächelt Andy doch wieder ein wenig. Nur, dass mich dieses Lächeln diesmal sauer macht.

„Du kannst mich mal", sage ich wütend und gehe die Straße hinunter.

„Hey!", ruft mir Andy nach. „Hast du Schiss?"

„Nein, hab ich nicht!", rufe ich zurück. Natürlich hat Andy damit genau das erreicht, was er eigentlich wollte: Ich bleibe stehen und befasse mich wieder mit ihm.

„Gut", sagt er und kommt auf mich zu, „brauchst du nämlich auch nicht."

„Ach …", mache ich.

„Die sind wirklich nett und nach so einer Massage fühlst du dich echt wie neu!"

„Du kannst dir deine Massage …" Ich breche den Satz ab, weil es mir irgendwie komisch vorkommt, das zu sagen, was ich gerade im Kopf habe.

Andy grinst jetzt richtig. „Darum geht es doch nicht!"

„Nein?"

„Na ja, wenn du eine erotische Massage haben willst, dann kannst du die da auch bekommen, so ist es ja nicht …"

„Ich will keine erotische Massage, ich will gar keine Massage, ich will jetzt nach Hause und dieses beschissene Buch lesen, damit wenigstens einer von uns beiden weiß, worum es geht."

„Sieh es einfach als meine Art der Mitarbeit an", sagt Andy. „Der Termin für uns beide steht, aber wenn du nicht willst, kein Problem." Mit den Worten lässt er mich wieder stehen und geht zurück. In mir kämpft es. Irendwie komme ich mir blöd vor, jetzt in so einen Massage-Salon zu gehen, in dem es auch erotische Spielereien gibt. Auf der anderen Seite bin ich natürlich auch neugierig. Und Andy hat ja recht, wenn er zugibt, dass er keine große Hilfe ist. Trotzdem wäre es mir sehr viel lieber, wenn er sich mal zusammenreißt und wirklich was für das Referat tut. Aber vorerst …

„Und das ist wirklich eine normale Rücken-Massage?", frage ich und gehe wieder auf Andy zu.

„Ganzkörper", sagt der, „aber ohne Erotik. Und wenn's dir nicht gefällt, dann gehst du einfach."

Ein wenig mulmig ist mir schon. Immerhin war ich noch nie bei der Massage. Und eigentlich könnte ich auch gut drauf verzichten, aber irgendwas treibt mich in Andys Nähe. Vielleicht seine unnahbare Art?

Drinnen sieht es gar nicht mal so schlimm aus, was mich beruhigt. Trotzdem wirkt der Laden eindeutig schwul. Alles ist so überaus geschmackvoll aufeinander abgestimmt.

„Was kostet das eigentlich?", frage ich erschrocken. Billig sieht es nämlich nicht gerade aus.

„Bist eingeladen", sagt Andy. Und bevor ich mich weigern kann, kommt ein netter Typ zu uns.

„Hi, ihr hattet die Ganzkörpermassage?"

„Ja", sagt Andy schlicht.

„Fein, ich bin Mark. Das war der Pärchen-Tarif, richtig?"

„Richtig", sagt Andy. Ich schnappe nach Luft, sage aber nichts.

„Du warst aber schon mal hier, oder?"

„Ja, ist aber 'ne ganze Weile her."

„Und du?", fragt Mark jetzt mich.

„Nein", antworte ich wahrheitsgemäß.

„Okay, gut." Mark grinst und erklärt mir kurz, wie so eine Massage abläuft und fragt, ob ich irgendwelche Wünsche habe. Hab ich natürlich nicht. Bekomm ich ja nicht aus dem Kopf, dass man hier auch Erotik dazubuchen kann – was immer man darunter verstehen soll. Jedenfalls bin ich sehr erleichtert, dass die Massage, die Andy gebucht hat, lediglich *äußerlich* ist. Ich will mir jetzt gar nicht vorstellen, wie so eine nicht-äußerliche Paar-Massage aussieht. Leider habe ich keine Gelegenheit, mit Andy allein zu sprechen, weil Mark uns auch schon in den Massageraum führt.

„Die Kleidung könnt ihr hier ablegen", sagt er und zeigt auf eine kleine Garderobe. „Hand- und Badetücher liegen hier."

„Nackt?", frage ich ungläubig. Natürlich nackt. Erst jetzt wird mir bewusst, was das alles bedeutet.

Mark schaut mich mit professioneller Höflichkeit an, obwohl ihm sicher zum Lachen zumute ist.

„Natürlich nackt", spricht Andy es dann aus, „aber für dich machen die hier sicher eine Ausnahme und legen noch einen Pelz drüber."

„Ich komme dann gleich mit einem Kollegen zu euch", sagt Mark und ich kann geradezu den Lachreiz in seiner Stimme hören.

Ein wenig ratlos bleibe ich stehen und schaue Andy zu, wie er sich entkleidet.

„Da steht ein Paravent." Er nickt zur Wand auf meiner Seite. Zögerlich nehme ich mir ein Badetuch und verschwinde hinter den Raumteiler, um mich ebenfalls auszuziehen. Als ich wieder vortrete, mit dem Tuch um meinen Hüften, liegt Andy bereits auf der Liege.

„Bist du eigentlich immer so verklemmt?", fragt Andy, ohne das Gesicht aus der Kopfmulde zu nehmen.

„Nein", sage ich spontan, „ich mache nur heute eine Ausnahme für dich."

„Na wenigstens reden kannst du manchmal."

Ich lege mich auf die Liege und versuche dabei, das Badetuch möglichst nicht zu verlieren. Dann lege ich ebenfalls den Kopf in die Mulde und bin ganz überrascht, wie bequem man hier liegen kann. Meine Stirn liegt auf dem weichen Polster und ich schaue geradewegs auf ein Strandbild mit Palmen, Sonne und Meer, das sich auf dem Boden befindet. Erst jetzt fällt mir das leise Meeresrauschen auf, das durch den Raum wabert. Im Grunde brauche ich gar keine Massage, ich muss nur so eine Liege für zu Hause organisieren …

Und dann kommt Mark wieder rein und stellt kurz seinen Kollegen Chris vor. Während Chris sofort mit der Massage bei Andy beginnt, erklärt mir Mark jeden seiner Schritte, was ich ganz beruhigend finde. Vorsichtig beginnen seine warmen, öligen Hände an meinen Schultern, ziehen, reiben und kneten und werden langsam immer kräftiger. Dann arbeitet er sich allmählich meinen Rücken hinunter, bis ich seine Hände kurz vorm Ansatz zum Hintern spüre.

„Für normal heißt Ganzkörper-Massage bei uns, dass ich wirklich den ganzen Körper massiere und nicht mittendrin aufhöre, um dann zu den Beinen zu gehen. Wenn du möchtest, kann ich aber die Handtuch-Zone aussparen", sagt Mark und ich stimme schnell zu. Ich spüre, dass ich noch immer angespannt bin. Hallo? Noch nie wollte ein Mann meinen Hintern massieren, nur damit er nicht mittendrin aufhören muss … Aber dass Mark auf mich Rücksicht nimmt, gefällt mir. *Bist du eigentlich immer so verklemmt?*, höre ich Andy noch mal sagen. Natürlich, er hat ja gut reden, weil er noch ganz andere Sachen treibt. Da ist so eine Ganzkörper-Massage ohne ausgesparter Handtuch-Zone natürlich ein Klacks.

„Nicht erschrecken, die Massage geht nur bis zum Po-Ansatz", warnt Mark mich vor, während er über die Wade langsam mein Bein hochwandert. Fast will ich trotzdem etwas sagen, als ich seine Hände unter dem Badetuch fühle. Offenbar kann man Po-Ansatz unterschiedlich auslegen. Und dass seine Finger dabei auch zwischen meine Schenkel gleiten, gehört doch sicher schon zum Erotik-Programm, oder? Zumindest spüre ich sofort eine Reaktion, die sich unmittelbar in die Liege presst. Oh mein Gott, ich hoffe nur, dass die wieder nachlässt, bevor ich aufstehen muss! Jetzt ist es endgültig vorbei mit dem Ausspannen. Das Strandbild jedenfalls interessiert mich nicht mehr und das Meeresrauschen kann mir auch gestohlen bleiben. Am liebsten würde ich jetzt schnell hier raus, damit niemand merkt, dass ich …

„Es kann sein, dass du eine Erektion bekommst", sagt Mark plötzlich und ich muss husten, weil ich glaube, mich verhört zu haben. „Ich glaube, ich hatte noch keinen Mann auf der Liege, der nicht irgendwann während der Massage eine Erektion hatte. Vollkommen normal."

Ich muss noch doller husten. Also hab ich doch richtig gehört!

„Keine Panik, Steph", murmelt Andy. „Kannst aufhören zu husten, das ist wie beim Motorradfahren."

„Beim Motorradfahren?", fragt Mark überrascht, hört aber nicht auf, sich an meinem anderen Bein wieder hinunterzuarbeiten. Und ich fühle mich gerade wie auf der Anklagebank. Also hat Andy vorhin doch gemerkt, dass ich ein wenig zu nah an ihm gesessen habe. Und jetzt wird er sich natürlich darüber lustig machen … Obwohl, viel mehr blamieren kann ich mich jetzt auch nicht, oder?

Überrachenderweise gibt Andy aber keinen Mucks mehr von sich und Mark massiert stumm weiter, bis er irgendwann wieder bei meinen Schultern angekommen ist. Auch wenn er dabei Dreiviertel meiner Handtuch-Zone ausgelassen hat, meine Erektion hat noch kein Stück nachgelassen.

„So, du kannst dich umdrehen", höre ich nebenan die leise Stimme von Chris. Umdrehen? Ach du …

„Wir sind auch so weit", sagt Mark in dem Moment.

Ich rühre mich kein Stück. Was soll ich jetzt bloß machen?

„Ist wirklich in Ordnung", meint Mark. „Du hast ja auch noch das Handtuch um …"

Mir bleibt wohl keine andere Wahl. Hochrot drehe ich mich auf der Liege um und halte dabei das Badetuch so fest, dass es bestmöglich meine hervorstehende Körpermitte kaschiert. Andy wirft mir von seiner Liege aus einen amüsierten Blick zu. Erschrocken sehe ich, dass er sich die Mühe mit dem Handtuch nicht gemacht hat und einfach nackt daliegt. Und eine Erektion hat er ebenfalls!

„Lass dich nicht ablenken", weist Mark mich zurecht. „Mach einfach die Augen zu und hör dir das Meeresrauschen an. Du bist zum Entspannen hier."

Widerwillig gehorche ich und schließe die Augen. Entspannen kann ich mich auf dem Rücken aber erst recht nicht. Eine Rückenmassage ist vollkommen okay, aber Marks Hände jetzt auf meiner Brust zu spüren, ist total intim. Als er langsam nach unten gleitet, muss ich lachen.

„Entspann dich", sagt Mark wieder. Ich weiß nicht, wie oft er das noch erfolglos wiederholen will. Mein Glied zuckt wie wild und er muss das doch sehen. Ich öffne die Augen wieder und stelle fest, dass Mark vollkommen ernsthaft bei der Sache ist und überhaupt nicht auf meine Frottee-Beule achtet. Und auch Andy ist wieder vollkommen bei sich. Alles ganz normal, alles kein Problem. Und tatsächlich schaffe ich es in den letzten zehn Minuten, mich ein wenig in dem Meeresrauschen zu verlieren und die Sache zu genießen. Vielleicht hat Andy ja recht und ich mache mir das Leben mit meiner Verklemmtheit wirklich nur schwer.

Ich denke darüber nach, wie toll es eigentlich war, mit Andy Motorrad zu fahren. Wie wild er viel zu schnell durch die Straßen geschossen ist. Aber trotzdem habe ich mich irgendwie auch sicher gefühlt und frei. Und auch, dass ich ihm so nah sein musste war toll. Nur meine Gedanken, was er wohl denkt und was andere davon halten könnten, haben mich abgelenkt. Und dabei scheint es Andy vollkommen egal zu sein, dass ich mit einem Steifen hinter ihm gesessen habe. Er hielt es nicht mal für nennenswert, es hier im Massage-Salon zu erzählen. Nur ich soll wissen, dass er es gemerkt hat – und vielleicht auch, dass es ihm nichts ausmacht.

17

Als wir den Massage-Salon verlassen, bin ich noch lange nicht so entspannt, wie ich vielleicht hätte sein können. Aber trotzdem habe ich das Gefühl, als schwebe ich.

„Soll ich dich nach Hause fahren?", fragt Andy.

Sofort überlege ich wieder, welche Konsequenzen das möglicherweise haben könnte. Was ist, wenn Bastian vielleicht bei mir auf mich wartet? Könnte ja sein. Oder wenn uns wer durch irgendeinen blöden Zufall sieht?

„Wenn es sein muss, können wir bei mir auch noch ein wenig am Referat tun", sagt Andy.

Ich nicke. Zumindest laufe ich dann nicht Gefahr, dass Bastian uns sieht. Und wenn wir wirklich noch ein wenig für das Referat machen … Im Grunde ist das aber eine Ausrede, denke ich, während ich mich wieder auf das Motorrad schwinge. Ich habe einfach keinen Bock, jetzt nach Hause zu müssen. So verrückt es auch ist, ich will in Andys Nähe sein.

Diesmal denke ich nicht großartig nach und klammere mich einfach an Andys Rücken, obwohl das gar nicht nötig wäre, weil Andy unerwartet anständig fährt. Vielleicht äußert sich ja so die Wirkung der Massage bei ihm?

Wenig später rasen wir wieder über die Autobahn. Vor uns taucht ein Schild mit dem Stadtteilnamen auf, in dem Bastian wohnt. Da ist es wieder, mein schlechtes Gewissen. Vielleicht sollte ich ihm einfach eine SMS schreiben, dass was dazwischengekommen ist. Nur was könnte mich in meinem langweiligen Leben schon von einer Verabredung abhalten, was wichtig genug und gleichzeitig nicht zu dick aufgetragen ist? Vielleicht sollte ich einfach Andy fragen. Der hat doch sicher eine coole Ausrede parat. Dann rauscht das Ausfahrtsschild an uns vorüber und ich vergesse Bastian wieder. Dafür denke ich jetzt an Sven. Wie seltsam, dass es plötzlich zwei Menschen gibt, die ich verprelle, nur weil ich völlig unerwartet mit einem dritten unterwegs bin. Jetzt müssten sich diese drei Leute nur noch verstehen und ich hätte einen guten Freundeskreis, wenn auch recht klein. Aber nur die Ruhe, Steph, daran können wir ja noch arbeiten – im nächsten Leben.

Ein paar Minuten später sitze ich wieder bei Andy auf der Couch. Diesmal musste er sie erst noch aufräumen und zusammenklappen. Offenbar hat er nicht damit gerechnet, dass ich noch mit zu ihm komme. Ich frage mich auch sofort, was ich eigentlich hier will.

„Bier?", fragt Andy und geht schon zum Kühlschrank.

Obwohl ich keine Antwort gebe, reicht er mir eine Flasche und ich nehme sie ohne zu zögern. Bier, ja, so fängt es an. Und dann kommt das Koks. Ich muss grinsen.

„Was?" Andy guckt mich forschend an.

„Nichts, hab nur gerade an was gedacht …"

„Immerhin siehst du jetzt lockerer aus."

„Machst du das etwa öfter?"

„Massage?"

„Ja."

„Ab und zu." Er räuspert sich. „Muss halt fit bleiben."

„Verdienst du viel Kohle mit demTanzen?"

Andy schaut mich einen Augenblick lang ausdruckslos an. Dann zuckt er mit den Achseln. „Gibt sicher Leute, die mehr verdienen."

Natürlich fällt mir die ausweichende Antwort auf und ich muss wieder an Mausi und Sven denken. Aber so sehr es mich auch interessiert, ich kann doch nicht wirklich nachfragen, ob er tatsächlich noch andere Sachen macht, als fast nackt vor zig Leuten zu tanzen.

„Wie sieht's aus? Sollen wir noch was fürs Referat machen?", fragt Andy und überrascht mich damit. Natürlich stimme ich zu, auch wenn ich gerade nicht weiß, was wir noch großartig machen sollen. Immerhin haben wir ja schon ein grobes Konzept und die Hauptarbeit ist gerade, das Ding zu lesen und alles am Text zu belegen. Aber wenn Andy schon mal was für die Schule machen will … Erst als wir dabei sind, den Ablauf noch mal abzusprechen, kommt mir der Gedanke, dass

Andy vielleicht nur ablenken wollte. Aber das passt so gar nicht zu ihm. Warum sollte jemand, der sonst immer mit allem vollkommen nüchtern und unbeirrt herausplatzt, plötzlich von etwas ablenken wollen? Tatsächlich dauert es aber nicht lange und Andys Arbeitslaune ist schon wieder vorbei.

„Bock ein wenig zu zocken?", fragt er stattdessen.

Ich zucke mit den Schultern. „Hab ich noch nie gemacht?"

Zum ersten Mal sieht Andy überrascht aus. Zumindest kann man das bisschen Regung in seinem Gesicht so deuten.

„Echt nicht? Dann wird's aber Zeit!", sagt Andy und springt auf, um mir einen Kontroller zuzuwerfen. Dann knippst er den überdimensionalen Fernseher an und setzt sich zu mir auf die Couch. Einen Moment bin ich irritert, weil sich unsere Beine berühren. Aber Andy achtet nicht drauf, sondern ist mit der Playstation beschäftigt, die er über seinen Kontroller bedient.

„Auch keine PC-Spiele?", fragt er noch mal ungläubig.

„SimCity?", sage ich unsicher.

Andy lacht laut auf. „Okay, du hast keine Ahnung."

Auf dem Bildschirm läuft eine Abfolge von Firmenlogos, bis schließlich mit dunklem Grollen das Spiel angekündigt wird.

„Willst du für mich weiterspielen oder noch mal ganz von vorn anfangen?", fragt Andy und springt wieder auf.

„Ähm, spielen wir denn nicht zusammen?"

„Geht bei dem Spiel nicht. Aber ich kann dir ein wenig helfen." Mit ein paar schnellen Bewegungen lässt er die Jalousie herunter und plötzlich ist es im Zimmer dunkel. Nur das bedrohliche Startbild des Spiels gibt ein wenig Licht ab.

„Wenn du neu anfängst, kriegst du die ganze Story mit und kannst dir auch einen eigenen Spielstand anlegen. Dann kannst du immer da weiterspielen, wo du aufgehört hast, wenn du hier bist."

... *wenn du hier bist*, durchfährt es mich. Die Massage scheint wirklich volle Wirkung zu zeigen. Gestern war es noch ausgeschlossen, dass wir uns jemals verstehen, und jetzt sind wir plötzlich Freunde? Ich denke wieder an Bastian. Eigentlich sollte ich jetzt sofort gehen … Aber dann sitzt Andy wieder neben mir und ich spüre sein warmes Bein an meinem und lasse mir von ihm die Tasten erklären.

„Los geht's", sagt er schließlich und ich starte das Spiel. Zuerst läuft eine Filmsequenz, die erklärt, worum es geht. So ganz verstehe ich es nicht, weil ich immer wieder an Andys Bein denken muss und seine

Arbeit und die Motorradfahrt und die Massage und … Das Bild ändert sich und ich bin plötzlich im Spiel-Modus.

„Du bist der Typ aus dem Video", sagt Andy, „und musst jetzt die Aufgaben erledigen."

Unbeholfen betätige ich den Kontroller und sehe zu, wie der blonde Kerl nach vorn marschiert. Andy dirigiert mich in ein Haus und warnt mich, dass da ein Gegner auf mich wartet.

„Dann geh ich da wohl besser nicht rein, oder?"

„Witzbold! Natürlich musst du da rein. Du knallst den einfach ab und suchst dann im Haus nach Hinweisen."

„Na, wenn das mal kein Kinderspiel ist." Ich muss über die Doppeldeutigkeit grinsen. Als aber auf dem Bildschirm ein Mann knurrend auf mich zuläuft und dann schließlich unter meinen Schüssen mit zerplatztem Kopf zusammenbricht, habe ich am ganzen Körper eine Gänsehaut.

„Woah", mache ich. „So was spielst du?"

„Bist du kein Horror-Fan?"

„Na ja, manche Filme guck ich schon, aber da muss ich auch niemandem den Kopf wegschießen."

„Die sind doch infiziert", sagt Andy lapidar und lotst mich weiter durch das Haus. Die Stimmung ist ziemlich bedrohlich und irgendwie passt das zu den widersprüchlichen Eindrücken der letzten Tage. Jetzt sitze ich schon vor der Kiste und spiele ein Horror-Ballerspiel! Aber aufhören kann ich auch nicht. Ich hab das Gefühl, dass Andy immer näher kommt …

Eine halbe Stunde später habe ich eine unglaubliche Gänsehaut und bin von der gruseligen Stimmung des Spiels gefangen. Ich weiß gar nicht, worauf ich mich mehr konzentrieren soll, die besessenen Figuren, die da keuchend auf mich zukommen, oder Andy, der sich neben mich hingefläzt hat und den Körperkontakt nicht scheut.

„Gleich musst du aufpassen", sagt er. „Hinter der Tür wartet ein ziemlich starker Gegner. Speicher lieber vorher ab."

Noch stärker? Ich finde die Horden, die ich hier wegballern muss, schon stark genug. Angespannt steuere ich die Figur nach dem Speichern auf die Tür zu.

„Schiss?", fragt Andy und legt den Arm um mich. „Los, mach schon!"

Ich stoße die Tür auf und gehe raus. Kaum bin ich ein paar Schritte in einem Hinterhof gegangen, schreit auch schon jemand und ich höre ein Dröhnen. Dann läuft ein Mann mit entstelltem Gesicht auf mich zu und schwingt eine Motorsäge. Und schon liege ich ohne Kopf am Boden. Der Bildschirm färbt sich rot und teilt mir feierlich mit: ›du bist tot‹

„Macht nix", sagt Andy, „die Stelle hab ich auch nicht beim ersten Mal gepackt."

Obwohl ich nicht leugnen kann, dass das Spiel ziemlich spannend ist, zweifle ich gerade ein wenig an Andys Geisteszustand. Selbstverständlich kommt da Svens warnende Stimme wie gerufen zum Einsatz. Dabei halte ich die Medienberichte über Gewalt in Videospielen ja eigentlich für übertrieben. Dass Andy aber irgendwie ein wenig komisch ist mit seiner abweisenden Art, kann ich wohl kaum von der Hand weisen.

„Weiterspielen oder Schnauze voll?", fragt Andy amüsiert.

„Schnauze voll", sage ich schnell, „ich will ja auch nicht, dass dir langweilig wird."

„Och, ich find das chillig. Heute Nacht bin ich ja wieder unterwegs, da kann ich ein wenig Ruhe gut gebrauchen."

Unterwegs. Damit ist doch nicht Tanzen gemeint, oder? „Du weißt aber schon, dass wir morgenfrüh 'nen Englischtest schreiben?"

„Echt?"

„Nein, Spaß – natürlich echt!"

„Na dann …"

„Ist dir das eigentlich vollkommen egal?"

„Solange ich am Ende irgendwie mein Abitur kriege, ja."

„Und auf die Note achtet später keiner?"

„Machste jetzt einen auf Vater?" Andy nimmt seinen Arm zurück und richtet sich auf. „Ich pack das schon!"

„Na gut", sage ich kleinlaut. Jetzt spiele ich mich schon auf wie Sven – und das ausgerechnet bei Andy!

„Hast du 'nen Freund?", fragt er plötzlich.

„Nein, wieso?"

„Deshalb." Andy beugt sich unvermittelt zu mir rüber und drückt mir einen Kuss auf die Lippen. Ich bin total perplex. Dann spüre ich Andys Hände, die an meinen Flanken vorbeistreichen und mein Shirt nach oben schieben. Und dann ist seine Zunge in meinem Mund und … Ich drücke ihn weg.

„Hey!"

„Was?" Er guckt mich erstaunt an.

„Was soll das?"

„Ich wollte mal sehen, ob du wirklich so verklemmt bist. Immerhin hast du es dir ein paar Sekunden gefallen lassen." Er grinst breit.

So, das reicht! Wütend springe ich auf, schnappe meine Sachen und verlasse die Wohnung. Noch während ich die Treppe runterlaufe, frage ich mich, warum ich überhaupt flüchte. Ich habe doch keinen Freund – und Andy offenbar auch nicht. Was wäre so schlimm daran, jetzt was auszuprobieren? Zumal er mich ja eh schon fast nackt gesehen hat. Aber der Schreck sitzt mir immer noch in den Gliedern. Egal, was ich mir sonst so in meinen Fantasien ausmale, hier und jetzt habe ich da keinen Bock mehr drauf.

Auf der Straße klingelt mein Handy. Bevor ich drangehe, sehe ich, dass Bastian schon zweimal angerufen hat. Verdammt!

„Ja?", sage ich und hoffe, dass mir eine gute Ausrede einfällt.

„Bist du sauer auf mich?", fragt Bastian.

„Nee, warum?"

„Na, weil ich dich heute versetzt habe …"

Puh, das ist mir gerade alles ein wenig viel. Ich versteh jedenfalls gar nichts mehr.

„Biste noch dran?"

„Klar", sage ich.

„Was sollte ich denn machen? Nachdem ich ihr den Brief gegeben habe, hat sie gefragt, ob ich ihr bei Mathe helfen kann … Das ist *die* Gelegenheit! Und außerdem …"

„Ich bin nicht sauer", unterbreche ich ihn. Maike, klar. Das erklärt alles. Wenigstens bei Bastian scheint das Leben nach Plan zu laufen.

Als ich später in der Bahn sitze, merke ich aber, dass ich doch irgendwie sauer bin. Da habe ich mir den ganzen Tag Sorgen gemacht, weil ich Bastian hängenlasse und dann ist er es, der mich versetzt. Aber vielleicht ist das auch nur gerecht und ich bin lediglich übellaunig, weil ich jetzt nach Hause muss und mit meinen Gedanken allein bin.

18

Andy steht vor dem Spiegel. Die Geschichte ist ja nicht so toll gelaufen. Dabei war der Massage-Salon schon ziemlich erfolgreich, auch wenn er sich letztendlich noch mehr davon versprochen hatte. Aber

Steph scheint eine richtig harte Nuss zu sein. Und mittlerweile glaubt Andy nicht mehr, dass das nur gespielt ist. Der Junge ist wirklich so. Schwul und keusch wie die Jungrau persönlich.

In zwanzig Minuten macht Andy sich fertig. Er braucht nie lange, obwohl er sich gründlich vorbereiten muss. Duschen, natürlich mit einem neutralen Duschgel, Arschdusche, dann eincremen, damit seine Haut sich auch so anfühlt, wie sie aussieht. Anschließend kontrolliert er immer noch mal, dass nirgends unkontrolliert ein Haar sprießt. Ganz wenig Parfum. Von Nuttendiesel hält er nichts, weil er keine Nutte ist. Aber ganz ohne Duftstoff geht es ja auch nicht. Und dann zieht er sich nach Wunsch an. Heute ist es ein vornehmer Anzug, der richtig was gekostet hat. Dunkles Lila und schwarz abgesetzt. Alles ziemlich spitz geschnitten. Dazu Lackschuhe und ein graues Musterhemd mit schwarzer Krawatte. Das dauert natürlich ein wenig länger. Aber Andy hat Übung.

Natürlich lässt er jetzt das Motorrad stehen und wartet auf das Taxi, das ihn zum Treffpunkt fährt. Ein nobles Restaurant in der Innenstadt. Die Preise kümmern Andy aber nicht. Heute steht er selbst auf der Preisliste.

Am Empfang begrüßt man ihn freundlich und bittet ihn gleich zu Tisch. Offiziell ist er ein Geschäftsmann, irgendwas in Sachen Mode. Inoffiziell wird er dafür bezahlt, dass er sich als solcher ausgibt. Das ist so üblich bei diesen Aufträgen.

Am Tisch sitzen drei Herren. Alles Geschäftsleute mit ziemlich hohen Ämtern. Einer ist sogar dabei, in die Politik einzusteigen. Diskretion ist natürlich im Endpreis enthalten.

„Ah, setzen Sie sich doch, wir haben Sie bereits erwartet", spricht ihn der erste an. Graumeliert, etwa Jahrgang fünfundvierzig, aber gut erhalten. Die anderen beiden begrüßen ihn ebenfalls. Jahrgang fünfzig mit Glatze und gut trainiert, sowie mit Jahrgang sechzig der jüngste der drei, dafür aber mit Bauchansatz.

Andy lächelt und erzählt eine Geschichte, in der sich seine Sekretärin beim Wort genommen hat, dass er nicht gestört werden will und folglich auch nicht an diesen wichtigen Termin erinnert hat.

„Frauen!", sagt der Bauchansatz und lacht. Zu Hause wartet eine davon auf ihn, nebst zwei Kindern. Überhaupt sind alle zumindest verheiratet.

Das Gespräch plänkelt ein wenig vor sich hin, bis der erste ihm eine Mappe zuschiebt. „Für ihre Unterlagen."

Andy schaut höflich herein. Ein paar uninteressante Papiere und zwei Hunderter. „Ich denke, damit können wir arbeiten", gibt er höflich zurück.

„Dann kommen wir also ins Geschäft, das ist sehr erfreulich. Hoppla!" Der Bauchansatz schaut neben den Tisch, weil er ein Besteckteil versehentlich runtergestoßen hat. Da der Tisch recht abseits steht, bemerken weder die anderen Gäste noch das Personal, dass der Bauchansatz unter der Tischdecke verschwindet.

Andy weiß, was jetzt kommt und wendet sich geschäftsmäßig an die anderen beiden Herren, während unter dem Tisch feuchte Finger über seine Hose fahren, seinen Schritt betasten und schließlich die Gürtelschnalle öffnen, um sich Zugang zu verschaffen. Andy hat den günstigsten Platz, weil er mit dem Rücken zur Wand sitzt und somit niemand sieht, dass sein Becken immer weiter unter den Tisch rutscht, damit sich die kleine Akrobatikeinlage des Bauchansatzes auch lohnt.

„Zur Zeit sind wir von der Performance der Aktie recht enttäuscht", erzählt der zukünftige Politiker. „Da besteht auf jeden Fall noch Luft nach oben."

Andy spürt Hände an seinem Schwanz, bleibt aber ruhig sitzen und nickt wissend.

„Na, hoffen wir, dass diese Luft nicht auch nach unten besteht", springt der Fünfziger ein. „Das würde sich nämlich ungünstig auf die Investitionspläne auswirken."

Jetzt stülpen sich feuchte Lippen über Andys Eichel und eine Zunge fängt an zu rotieren.

„Ich schlage vor, dass wir die Lage vorerst weiter beobachten. Alle Trendcharts deuten in die richtige Richtung, sodass noch keinerlei Handlungsbedarf besteht." Auch wenn Andy keine Ahnung hat, wovon er eigentlich spricht, weiß er doch, dass er derjenige für die positiven Aussichten ist – ob unter oder über dem Tisch.

Nach ein paar Minuten taucht ein Ober auf und fragt, ob schon bestellt werden könne. Da aber ein Mann am Tisch fehlt, ist es einleuchtend, dass man sich vorerst mit neuen Getränken zufriedengibt.

Andy bestellt mit gefasster Stimme Soda, während unter dem Tisch sein Schwanz kräftig gesaugt wird. Der Ober nickt und lächelt und Andy lächelt zurück.

Nach etwa zehn Minuten hilft der Bauchansatz ein wenig mit den Händen nach und Andy weiß, was jetzt von ihm erwartet wird. Er konzentriert sich ganz auf das seichte Kitzeln, das ihn zum Orgasmus führen wird. Unweigerlich denkt er dabei an Steph. Steph nackt auf der Massage-Liege, Steph auf seiner Couch, Steph hinter ihm auf dem Sozius. Und dann spritzt er dem Bauchansatz seine Ladung in den Mund, während er den anderen beiden kurz die finanzielle Lage des Unternehmens erläutert. Und obwohl er dieses Spiel so perfekt spielen könnte, weiß er, dass es nur funktioniert, wenn es durchschaubar bleibt. Also schließt er für einen Moment die Augen und seufzt leise. Danach setzt er das Gespräch einfach fort. Aber er sieht den Erfolg in den Gesichtern seiner Geschäftspartner.

Der Ober kommt noch mal zurück, als der Bauchansatz wieder auf seinem Platz sitzt. Sie bestellen eine teure Menüfolge und unterhalten sich weiter über irgendwelche Geschäftsmodelle. Andy hält sich hier raus, weil er genau weiß, wann es ernst und wann sein Spiel gefragt ist.

Er isst nicht besonders viel, zumal auch nicht viel auf den Tellern ist. Er will beweglich bleiben.

Nach dem Essen überreicht ihm der Fünziger ein Angebot. Diesmal liegen in der Mappe vier Hunderter. Andy nickt und sagt: „Bevor wir das Geschäft besiegeln können, muss ich mich aber kurz entschuldigen."

Beim Aufstehen prüft er geschickt den Sitz seines Anzugs, um anschließend in Richtung Toilette zu gehen. Die Kabinen sind alle leer. Andy wählt die letzte aus und wartet. Nicht mal eine Minute dauert es, bis der Fünziger ihm folgt und sich ebenfalls in die Kabine drängt.

„Da hast du doch schon drauf gewartet, was?", raunt er.

„Ja", seufzt Andy und lässt sich von dem Fünziger gegen die Kabinenwand pressen.

„Dann lass die Hose runter!"

Andy öffnet gehorsam seine Hose und lässt sie runterrutschen. Er hat ja auch keine andere Wahl, weil der Fünfziger ihn am Hals gepackt hält.

„Ich hoffe, du bist feucht, du kleine Schlampe", flüstert der mit heißem Atem.

„Ja", seufzt Andy wieder und spielt dabei weiblich mit den Hüften. Vertraglich wurde festgelegt, dass es gern ein wenig tuckig sein darf. Eine tuckige kleine Schlampe. Das kann Andy, kein Problem. Er verlangt dafür ein Gummi.

Und dann packt der Fünziger zu und beugt ihn vor. Andy lässt es mit sich machen, weil er schon überprüft hat, dass seine Vertragsbedingung eingehalten wird. Der Rest ist ihm egal. Auch, dass der Alte ziemlich unsanft in ihn hineinstößt. Andy zuckt und schreit kurz auf. Das gehört nur teilweise zum Spiel. Aber er ist ohnehin immer dann am besten, wenn sich Realität und Fantasie ein wenig überschneiden.

Irgendwann geht die Tür. Jemand betritt die Nachbarkabine. Der Fünziger lässt sich davon aber nicht stören, weil er weiß, dass es der Bauchansatz ist, der jeden Moment über die Trennwand spannen wird. Das macht den Alten erst richtig scharf und er rammelt wie ein junger Hase. Das ist gut, denn das bringt sie dem Ende näher. Und Andy hat ja noch einen weiteren Vertragspartner auf dem Plan. Mit dem wird er nachher in einer Limousine nach Hause fahren und haarklein erzählen, was er heute im Restaurant aufregendes erlebt hat. Und dann wird er für die Vertragssumme von sechs Hundertern alles nachspielen, bevor er endlich weit nach Mitternacht nach Hause fahren kann.

Er denkt plötzlich wieder an Steph und an den Englischtest morgen. Kurz lässt die Konzentration nach und er kommt aus dem Gleichgewicht. Der Alte rutscht aus ihm raus und flucht.

„Oh bitte", sagt Andy schnell, „tun Sie mir nicht weh!"

Und das bringt den Alten zum Überkochen, weil er jetzt mit Karacho seinen Schwanz zurück in Andys Hintern hämmert. Mit einem seltsam animalischen Grunzen kommt er zum Höhepunkt. In Gedanken hakt Andy ab: Zwei von drei.

19

Gegen Abend bin ich endlich fertig mit dem ‚Tod in Venedig' . Das ist das erste Buch, das ich von Thomas Mann gelesen habe und ich bin überrascht, dass es sich im Grunde recht einfach lesen ließ. Hatte da Schlimmeres befürchtet, zumal der Böke bei seinen Strafarbeiten nicht gerade nachsichtig ist. Wenn der schlechte Laune hat, kann es schon mal passieren, dass man mit achthundert Seiten Grass bestraft wird. Im Gegensatz dazu sind Andy und ich wirklich gut weggekommen, was mich jetzt in meiner Annahme bestärkt, dass der Böke uns vielleicht irgendwas damit sagen will. Es kann doch kein Zufall sein, dass er ausgerechnet den beiden Schwulen in der Klasse den ‚Tod in Venedig' aufdrückt. Allein wenn ich schon daran denke, werde ich wieder rot. Der Inhalt der Novelle ist ja klar, aber Andy und ich müssen ja auch über den homosexuellen Aspekt sprechen. Wir haben uns zwar geeinigt, dass wir uns eher auf die ganzen anderen Aspekte konzentrieren, die man auf Wikipedia so finden kann, aber gerade weil ja jeder weiß, dass da ein alter Knacker hinter einem jungen Tpyen hergeifert, können wir das nicht ganz rauslassen. Das wär erst recht verdächtig. Und spätestens, wenn wir den Autor vorstellen, ist auch das Thema Homosexualität fällig.

Ich liege auf dem Bett und überlege, ob Thomas Mann nicht von sich selbst geschrieben hat. Machen ja eigentlich recht viele Autoren. Und soweit ich weiß, hatte der Mann ja nie eine wirkliche Beziehung, oder? Und dann im Alter aus der Ferne einem Jungen nachschmachten, weil man selbst das ganze Leben …

Plötzlich hab ich einen Einfall. Ist es vielleicht das, was der Böke uns damit sagen will? Dass wir nicht ewig auf das Leben warten sollen, nur weil wir Schiss haben vor den Reaktionen? Es muss doch grausam sein, wenn man als alter Mann feststellt, dass man seine ganze Jugend im Grunde falsch gelebt hat. Und dann läuft einem so ein Bengel vor der Nase rum, der noch alles vor sich hat und vielleicht auch genau das lebt, wonach ihm ist. Da kann man doch ganz schön verzweifeln. Und alles, was am Ende bleibt, ist die Bewunderung, die man einem solchen Jungspund schenken kann. Aus der Ferne zuschauen, anstatt selbst am Leben teilnehmen. Vielleicht ist es ja genau das, weshalb sich die Manns reihenweise umgebracht haben. Könnt ich zumindest verstehen.

Bei dem Genken sitze ich plötzlich kerzengerade auf meinem Bett. Soll das Referat etwa eine Aufforderung sein, zu sich selbst zu stehen und sich zu outen? Nee, das geht doch ein bisschen weit, oder? Der Böke kann doch nicht wissen, dass ich schwul bin! Ein komischer Zufall ist es aber dennoch. Ich lass Andy das mit dem Schwulenkram vortragen! Der macht das mit seiner gleichgültigen Art doch mit links …

Und damit bin ich wieder bei Andy und dem Kuss. Hab mich ja die ganze Zeit über einigermaßen gut abgelenkt. Mir fällt auf, dass ich mir schon die ganze Zeit die Lippen lecke. In irgendeiner Zeitschrift stand mal, dass das sexuelles Interesse bedeutet. Aber bin ich wirklich sexuell an Andy interessiert? Sonst wäre ich doch nicht abgehauen, oder? Aber das ist zu einfach. Ein Teil von mir wollte ja ganz gern dableiben und ausprobieren, was noch alles passiert. Der vernünftige Teil war nur stärker – oder der ängstliche.

Tatsächlich ist es ja so, dass ich Sven einfach nicht aus dem Kopf bekomme. Nicht meine Verknalltheit, von der kann mich Andy schon ziemlich gut ablenken. Aber allein, dass Sven so negativ gegenüber Andy eingestellt ist, macht mich skeptisch. Und es ist ja auch so, dass Andy ganz sicher schon mit einigen Jungs was hatte. Ich finde den Gedanken voll seltsam, dass er mich dann mit den anderen vergleichen wird. Und ich hab ja auch keine Ahnung. Bislang habe ich lediglich mit zwei Mädels mal rumgeknutscht – mit einem Abstand von drei Jahren. Aber heute war das erste Mal, dass ein Typ mir einen Kuss gegeben hat. Bestimmt hab ich mich dabei schon äußerst dämlich angestellt. Wie soll das denn erst sein, wenn's ans Eingemachte geht? Und dann merkt Andy erstmal, wie verklemmt ich wirklich bin, weil ich noch nie Sex hatte …

Ein leises *Pling* reißt mich aus dem Gedankenstrom. Ich habe extra den Computer angelassen und Sven eine Mail geschrieben, dass er mir zurückschreiben soll, wenn er in den Chat geht. Eilig springe ich auf und bin froh, tatsächlich eine Nachricht von Sven zu lesen. *Bin drin.* Schnell starte ich den Chat und melde mich an.

PornoPaul: da biste ja schon
PornoPaul: was gibt's denn so dringendes?
LonelyBoy: nix, wollte nur mit dir chatten
PornoPaul: oi wie schön *freu*
LonelyBoy: und? was haste gemacht?
PornoPaul: uni – ich HASSE diese späten seminare
PornoPaul: aber ging dieses semester nicht anders
PornoPaul: was macht dein referat?

Mir fällt sofort auf, dass er *dein* Referat schreibt. Ganz selbstverständlich wird Andy ausgeklammert. Dabei hatte ich eigentlich insgeheim gehofft, ich könnte vielleicht auch über Andy mit ihm reden …

LonelyBoy: wir haben heute das konzept gemacht
LonelyBoy: zumindest mit dem internet kennt sich andy aus
PornoPaul: aber schön selbst arbeiten, sonst gibt's ärger und ihr müsst am ende noch den ulysses vorstellen
LonelyBoy: ulysses?
PornoPaul: von james joyce, frag nicht
LonelyBoy: ok, werde mal danach googeln und dich ggf bemittleiden *gg*
PornoPaul: ich sag dir, dagegen hast du mit thomas mann einen

echten glücksgriff getan!!!
LonelyBoy: ich bin über alles froh, was nix mit grass zu tun hat
PornoPaul: *lach*

Ich seufze, weil ich die ganze Zeit daran denken muss, dass ich eigentlich über andere Dinge quatschen will. Wen interessiert schon Joice, Grass und Mann, wenn es ums Poppen geht? Ich muss grinsen.

LonelyBoy: darf ich dich mal was intimes fragen? *rotwerd*
PornoPaul: oh, jetzt wird's spannend ;)
PornoPaul: ich liebe es, wenn du rot wirst *rofl*
LonelyBoy: wie war denn dein erstes mal?

Zumindest 'nen Anfang. Aber die Worte *ich liebe es* in Verbindung mit mir, machen mich schon wieder ganz unsicher. Was ist, wenn Sven doch nicht abgeneigt wäre und sich nur nicht traut? Obwohl, Sven und sich nicht trauen? Immerhin hat er mir schon einen Abschiedskuss aufgedrückt, wenn auch einen ganz harmlosen.

PornoPaul: ach, mein erstes mal …
PornoPaul: hab mich ja schon gefragt, wann du wohl damit ankommst *gg*
LonelyBoy: ja-ja, hellseher, was?
PornoPaul: immer
PornoPaul: mein erstes mal war ganz ok will ich meinen
LonelyBoy: ganz OK???
PornoPaul: na, braucht ja alles irgendwie ein bisschen übung
PornoPaul: und da ich erst 16 war ;)

Sofort bekomme ich wieder Komplexe. Irgendwie kommt es mir so vor, als hätten alle schon mal, nur ich noch nicht. Na ja, und Bastian. Bin ich zumindest nicht allein. Aber Bastian wird ja auch nicht mit Andy schlafen …

Jetzt bin ich total perplex. Soll das etwa heißen, dass ich mit Andy schlafen werde? Nee, nee, nee … Aber der Gedanke macht mich schon kribbelig. Solange es nur ein Gedanke ist …

PornoPaul: ich hab mit nem klassenkameraden rumgemacht
PornoPaul: ist einfach so passiert, als wir bei ihm zu hause waren

und nen film geguckt haben
PornoPaul: ich war zu der zeit ziemlich in ihn verknallt und er war einfach nur notgeil und musste druck ablassen
PornoPaul: tja, so kam dann eins zum anderen und zack, war ich keine jungrau mehr
LonelyBoy: mmh
PornoPaul: MMH???
LonelyBoy: klingt ja nicht gerade romantisch
PornoPaul: nee, mit romantik hat das erste mal bei schwulen wohl selten was zu tun ;) die sind doch alle so spitz, dass es am besten sofort richtig knallt und fertig *lol*
LonelyBoy: gut zu wissen …

Ich versuche das gerade in mein Bild von Sven einzupassen. Irgendwie kann ich mir gar nicht vorstellen, dass er *so spitz ist, dass es am besten sofort richtig knallt* … Aber hallo!

Und natürlich stelle ich mir da gleich Andy vor, der ganz sicher genauso drauf ist. Immerhin hat er mich ja schon mit dem Kuss überfallen. Da knallt's dann sicher auch nur und fertig.

PornoPaul: ja, was meinst du, weshalb ich dich die ganze zeit warne??? mach ich doch nicht zum spaß ;)
PornoPaul: wenn du romantik suchst, dann musst du wirklich gut suchen. sex findest du überall
LonelyBoy: wie war das denn bei euch danach?
LonelyBoy: ich mein, ihr musstet doch noch zusammen zur schule, oder?
PornoPaul: na, ich war weiterhin tierisch verknallt und er hatte kei'nen bock mehr auf mich
PornoPaul: war ihm wahrscheinlich peinlich
LonelyBoy: oh …
PornoPaul: wenn ich ehrlich bin, war das ziemlich beschissen
PornoPaul: ich glaub, ich hab ihm das letzte halbe jahr richtig versaut, weil ich einfach nicht wahrhaben wollte, dass er nicht schwul ist
PornoPaul: und je mehr ich was von ihm wollte, desto ätzender fand er mich logischerweise
LonelyBoy: *seufz*
PornoPaul: warum willst du das eigentlich wissen?

LonelyBoy: nur so ...
PornoPaul: kein bestimmter grund?????

Ich zögere. Natürlich kann ich mir auch an drei Fingern ablesen, dass Sven mich längst durchschaut. Weshalb sollte ich sonst nach solchen Sachen fragen? Aber wenn ich daran denke, wie er auf Andy reagiert, ist es ausgeschlossen, dass ich ihm die Wahrheit erzähle.

LonelyBoy: nee, echt nur so
LonelyBoy: bin halt neugierig
PornoPaul: wer's glaubt ... *fg*
LonelyBoy: und heute?
PornoPaul: wie heute?
LonelyBoy: na, wie läuft das heute mit den typen?
PornoPaul: jetzt bist du wirklich neugierig!!! *lol*
LonelyBoy: na, ich muss doch wissen ;)
PornoPaul: aber ein wenig privatsphäre brauch ich auch
LonelyBoy: ok :(
PornoPaul: ich mach einen deal
PornoPaul: du erzählst mir, wieso du das wissen willst und ich locke-re meine privatsphäre ein wenig *fg*

Im Grunde kann ich mir ja schon denken, dass es bei Sven auch nicht viel anderes läuft als bei seinen Freunden. Warum auch nicht? Dann knallt's halt mal, wenn man es braucht und danach ist alles wieder gut ... Komisch finde ich das aber trotzdem, weil ich mir von Sven irgendwie was anderes erwartet habe, nachdem er so auf mich aufpassen will. Aber was berechtigt mich überhaupt dazu, Erwartungen zu haben? Auf der anderen Seite gilt das natürlich genauso. Was kann Sven überhaupt für Erwartungen an mich stellen? Genau, keine! Und deshalb darf es ihn ja auch nicht stören, wenn ich mir Gedanken um Andy mache, oder?

LonelyBoy: ich war heute mit andy unterwegs
PornoPaul: unterweges????
LonelyBoy: er hat mich in einen massage-salon geschleift ;)
PornoPaul: WAS????

Mmh, war doch keine so gute Idee. Aber ich will es ja unbedingt wissen, was?

LonelyBoy: war ganz harmlos eigentlich
LonelyBoy: also nicht so 'ne massage wie du jetzt denkst *gg*
PornoPaul: ich dachte, ihr hättet das referat besprochen?
LonelyBoy: na, haben wir auch – danach halt
PornoPaul: und?
LonelyBoy: was und?
PornoPaul: na, was ist passiert?
LonelyBoy: nix ist passiert!!!
PornoPaul: und wieso fragst du dann, wie mein erstes mal war?
PornoPaul: wie war denn deins??????

Jetzt bin ich baff. Das liest sich wieder alles so, als wäre Sven richtig sauer. Geradeso als sei er eifersüchtig! Oder lese ich das etwa nur da rein? Und plötzlich kommt mir der Gedanke, dass ich ihn ja absichtlich ein wenig eifersüchtig machen kann. Wer weiß, vielleicht gesteht er mir ja dann seine große Liebe und ich darf bei ihm einziehen …

LonelyBoy: mein erstes mal war toll

Ich warte absichtlich ein wenig, damit die Kunstpause richtig wirken kann. Und natürlich antwortet Sven nicht. Das macht man doch nur, wenn man wirklich eifersüchtig ist, oder? Ich meine, sonst könnte er doch schreiben, dass er es toll findet oder sonst was …

LonelyBoy: wenn du das aber sexuell meinst, dann muss ich gestehen, dass ich noch immer jungfrau bin *kicher*
PornoPaul: was soll der mist????
LonelyBoy: wieso gehst du davon aus, dass ich mit andy was anfange???
PornoPaul: weil der nunmal so ein typ ist!!!
LonelyBoy: und ich???
PornoPaul: du eben nicht. hoffe ich zumindest
LonelyBoy: und warum hoffst du das?

Eine Weile geschieht nichts. Vielleicht merkt Sven ja erst jetzt, dass er sich quasi verraten hat – vorausgesetzt, dass das mit der Eifersucht überhaupt stimmt.

PornoPaul: was soll das heißen?
PornoPaul: du glaubst jetzt aber nicht, dass ich mit dir will, oder?

Ich schlucke. Okay, vielleicht bin ich auch derjenige, der sich hier verraten hat. Mit rotem Gesicht überlege ich, wie ich mich am besten da rausbringe.

LonelyBoy: nee, natürlich nicht
LonelyBoy: ich bin nur irgendwie durcheinander
PornoPaul: warum denn?
LonelyBoy: ich weiß halt nicht mit andy
PornoPaul: VERDAMMT! ANDY IST NIX FÜR DICH!!!
PornoPaul: was willst du mit nem typen, der für geld die beine breit macht?????
PornoPaul: was glaubst du eigentlich, wie viele kerle der ständig hat?????

Wow, was für eine Reaktion. Und ich hab ihm nicht mal was von dem Kuss erzählt.

LonelyBoy: wenn ich bei ihm bin, ist er ganz anders
PornoPaul: ja, klar
LonelyBoy: wir müssen ja nicht darüber reden …

Es vergeht eine ganze Weile.

PornoPaul: ich will nicht als spielverderber rüberkommen
LonelyBoy: fein
PornoPaul: versuch es doch erst mal mit jemandem auf deiner ebene
PornoPaul: ich mein das jetzt nicht böse, aber mit so ner discohusche wirst du echt nicht glücklich
LonelyBoy: eigene erfahrung?

Das ist ein Schuss ins Blaue, aber es dauert wieder verdächtig lang, bis Sven überhaupt was schreibt.

PornoPaul: zieht einfach das referat durch und fertig
LonelyBoy: also soll ich einfach ignorieren, dass er mich heute geküsst hat und dass es mir sogar gefallen hat?

Jetzt dauert es noch länger. Ich schaue auf die Uhr. Fast fünf Minuten! Ob ich den Bogen jetzt überspannt habe?

PornoPaul: es ist dein leben
PornoPaul: du musst wissen, was du damit anfängst
PornoPaul: meinen rat zu der sache kennst du ja jetzt

Klingt fast so, als sei das Thema Andy damit endgültig durch. Auf der einen Seite bin ich froh, dass ich ein wenig Klarheit geschaffen habe, auf der anderen stört mich natürlich, dass Sven und ich uns wegen der Sache streiten. Aber was soll das denn auch? Er kann doch nicht einfach darauf bestehen, dass ich nichts mit Andy anfange, ohne einen richtigen Grund zu haben. Und dass er mich vor schlechten Erfahrungen schützen will, das ist für mich kein Grund. Okay, vielleicht habe ich einfach zu sehr gehofft, dass er doch was von mir will …

PornoPaul: so, ich geh jetzt ins bett …
LonelyBoy: mmh
PornoPaul: träum was schönes
PornoPaul hat den privaten Chat beendet

Seufzend schaue ich auf das Fenster. Warum muss eigentlich immer alles so verdammt kompliziert sein?

20

Am nächsten Tag kommt Andy nicht zur Schule. Die Lambertz fragt vor dem Test extra noch mal nach, ob jemand was weiß. Es zuckt kurz in mir. Aber ich sage nichts. Und die Lambertz murmelt, dass das nun kein gutes Ende mehr nehmen wird. Deswegen kann ich mich auch kaum auf den Test konzentrieren, weil ich nicht verstehen kann, wie gleichgültig Andy das alles nimmt. Aber warum interessiert mich das überhaupt? Ein Gedankenblitz sagt, dass ich mir vielleicht einen vernünftigen Andy wünsche, damit Sven mit ihm einverstanden ist. So weit ist es schon! Sven sollte unbedingt aufhören, für mich den

Vater zu spielen.

Nach der Schule schaut mich Bastian ein wenig verlegen an. Er hat natürlich keine Zeit, weil er jetzt mit Maike zusammen ist – also nicht so offiziell, aber irgendwie schon – und das muss man ja genießen. Er lädt mich auch ins Kino ein, natürlich mit Maike, wenn das alles erst mal amtlich ist. Na fein, da warte ich doch gern drauf. Ich wollte immer schon wissen, wie sich das fünfte Rad am Wagen fühlt.

Also gehe ich nach Hause und mache Hausaufgaben – endlich mal wieder. Irgendwann rufe ich bei Andy an. Warum, das weiß ich auch nicht so genau. Das Referat ist natürlich nur so ein Vorwand, wenn auch mittlerweile ein recht überstrapazierter. Vielleicht könnte ich aber auch sagen, dass ich ihm ja was schulde, wegen der Massage. Aber wenn ich an meinen Kontostand denke, ist das eine blöde Idee, obwohl ich natürlich schon entschlossen bin, Andy die Knete irgendwann zurückzugeben. Ich könnte noch fragen, ob ich an die Playstation darf. Das würde aber wohl zu einer Neuauflage der Knutschattacke führen. Und ich weiß noch immer nicht, ob ich das wirklich will. Der tatsächliche Grund, weshalb ich ihn gern wieder besuchen würde, ist so banal wie unerklärlich: Ich will in seiner Nähe sein. Dabei bin ich nicht mal sicher, ob ich ihn wirklich mag. Ich finde ihn einfach nur faszinierend.

Aber Andy geht nicht ans Telefon. Und bei Sven will ich nicht anrufen, weil ich nicht weiß, ob er selbst dran geht. Kann ja sein, dass Bastian zu Hause ist mit Maike, oder die Mutter geht dran und der kann ich wohl kaum sagen, dass ich nicht mit Bastian sprechen will, sondern mit Sven. Das wär ja mal was ganz Neues.

Also bleibt mir nur, Sven wieder eine SMS zu schreiben, dass er mir Bescheid sagen soll, wenn er in den Chat geht. Dann lege ich mich aufs Bett und lese irgendwas, ohne mitzubekommen, worum es eigentlich geht. Mit den Gedanken bin ich abwechselnd bei Andy und Sven und ich schaue alle fünf Minuten auf die Uhr, ob jetzt die Zeit sein könnte, da Sven nach Hause kommt und mich mit einem *Pling* darauf aufmerksam macht, dass er endlich in den Chat geht. Aber dieses *Pling* kommt einfach nicht und irgendwann schlafe ich über dem Buch ein.

Als ich am nächsten Tag wieder aufwache, ist der Computer noch immer an und ich bin noch komplett angezogen. Praktisch, denke ich mürrisch, kann ich ja sofort los …

Keine Mail von Sven. Wir haben die letzten Tage zumindest jeden Abend gechattet. Und jetzt nicht mal eine Mail, dass er nicht kann oder was auch immer. Er scheint wirklich sauer zu sein. Oder doch nur mit Uni-Kram beschäftigt?

In der Schule das gleiche Spiel wie gestern. Bastian hängt plötzlich mit Maike zusammen und ist somit nicht zu gebrauchen. Und von Andy fehlt jede Spur. Damals wäre mir das sicher nicht mal aufgefallen, oder ich hätte wie die anderen ein wenig schadenfreudig gelacht, weil bei so vielen Fehlstunden die Konsequenzen nicht lange auf sich warten lassen. Jetzt mache ich mir aber ernsthaft Gedanken. Wie will der Kerl denn sein Abi schaffen, wenn er so gut wie nie da ist? Na ja, ist ja eigentlich nicht mein Problem, ich hab nämlich meine eigenen. Der Dornfels will tatsächlich noch mal ein Gespräch mit mir. Das sagt er mir einfach so auf dem Flur. Angeblich geht es doch noch mal um die Sache mit den Typen. Ich werde das Gefühl nicht los, dass er von mir wissen will, ob ich schwul bin. Aber was geht den das eigentlich an?

An diesem Abend ist mir noch langweiliger als gestern. Sven hat noch immer nicht auf meine SMS geantwortet und taucht auch nicht im Chat auf. Und bei Sven anrufen will ich nicht. Er kann doch sicher sehen, welche Nummern ihn angerufen haben. Ich will ja nicht wie ein Stalker wirken …

Vor lauter Verzweiflung fange ich tatsächlich an, das Referat auszuarbeiten. Das Beste an diesem Tag ist noch, dass ich nicht wieder in meinen Klamotten einschlafe. Na, herzlichen Glückwunsch.

Und am nächsten Tag geht es genauso weiter! Ich könnte ausrasten! Aber dann ist Freitag und ich suche mir die Bahnverbindung zur Disco raus. Meiner Mutter erzähle ich, dass ich zu Bastian gehe. Das ist sie gewöhnt.

Sicherheitshalber schaue ich mir im Internet noch mal die Strecke an, die ich anschließend noch zu Fuß gehen muss. Dann mach ich mich ausgehfertig und fahre los.

In der Bahn sitzen mir ein paar Halbstarke gegenüber, die sich gegenseitig auf Prolldeutsch anschreien. Ab einem gewissen IQ fehlt einem halt die Fähigkeit, seine Stimme in Sachen Lautstärke den Gegebenheiten anzupassen.

Als ich ankomme, bin ich natürlich wieder viel zu früh. Es hätte meine Mutter aber misstrauisch gemacht, wenn ich mich erst gegen Mitternacht auf die Socken gemacht hätte.

Ein komisches Gefühl ist es schon, jetzt allein zu sein, ohne Sven, der mich schützend durch diese fremde Welt dirigiert. Aber ich schaff das schon!

Und dann bin ich zum ersten Mal ganz allein in einem Schwulen-Club. Obwohl ich natürlich schon alles kenne, habe ich das beklemmende Gefühl, mich verlaufen zu haben. Irgendwie gehöre ich nicht hier her. Unwohl stelle ich mich in eine Ecke und beobachte das spärliche Treiben.

Nach zehn Minuten gucke ich zum ersten Mal auf die Uhr. Bis Mitternacht ist es noch eine ganze Weile. Oh man, was für eine unterhaltsame Aktion.

Nach zwanzig Minuten gehe ich zur Bar und bestelle mir eine Bacardi-Cola. Der Typ hinter der Theke will tatsächlich meinen Ausweis sehen! Prüfend schaut er sich das Dokument an und meint dann mit düsterem Blick: „Der ist doch gefälscht, oder?"

Ich muss wohl so doof gucken, dass er in lautes Lachen ausbricht. Okay, das war wohl ein Witz. Ein wenig gezwungen lache ich mit. Eigentlich finde ich den Gag sogar ziemlich gut, aber irgendwie kann ich hier nicht lockerlassen.

Mit dem Gesöff in der Hand verschwinde ich schnell wieder in meine Ecke und warte. Und warten macht durstig. Nach der zweiten Bacardi-Cola rechne ich kurz hoch, was der Abend kosten wird, wenn es so weitergeht. Leisten kann ich mir das zwar nicht, aber ich besorge mir trotzdem Nachschub.

Es dauert Ewigkeiten, bis endlich mal genügend Leute da sind, dass sich die ersten auf die Tanzfläche trauen. Ich leere gerade mein viertes Glas Bacardi-Cola. Obwohl die Mischung nicht ganz so stark ist, wie die von Mausi, spüre ich den Alkohol schon ziemlich doll. Und auf Klo muss ich natürlich auch. Daran habe ich ja gar nicht gedacht. Letzte Woche habe ich sämtliche Getränke ja sofort auf der Tanzfläche wieder ausgeschwitzt …

Ein wenig torkelig mache ich mich auf zu den Toiletten. Auf meinem Weg gucken mich mehrere Kerle an, als wollten sie mich anspringen. Ich versuche das zu ignorieren. Blöderweise schaffe ich das aber nicht, weil einer mir zulächelt und ich, freundlich wie ich bin, zurücklächle. Und als ich an ihm vorbeigehe, zwinkert er mir zu und ich bin auch noch so dämlich und schaue noch mal zurück. Als ich auf die Klotür zusteure, sehe ich aus den Augenwinkeln, dass der Kerl mir tatsächlich folgt. Ach du Scheiße! Schnell laufe ich durch den Vorraum zu den Kabinen. Ein Schrank von einem Mann steht an der Pissrinne und schaut mich erwartungsvoll an, schüttelt dann aber den Kopf. Bin wohl nicht sein Typ, welch ein Glück. Ich nehme die Kabine ganz außen und schließe ab. Langsam ist es echt dringend. Aber der Gedanke, dass mein Verfolger gleich hier auftauchen wird, lässt mich ja total verkrampfen. Pinkeln unmöglich. Also öffne ich gar nicht erst meine Hose und warte einfach still. Und dann geht auch schon die Tür der Nachbarkabine. Au Backe! Wenigstens hat er genug Anstand, nicht bei mir anzuklopfen. Dann sehe ich aber, dass er das auch gar nicht braucht, weil auf Schritthöhe ein Loch in der Kabinenwand ist, durch das er mich gerade angrinst und sich mit der Zunge über die Zähne leckt.

Panisch drehe ich mich um und reiße die Kabinentür wieder auf. Der Schrank guckt überrascht und grunzt dann, dass die Klos nicht zum Pissen da sind. Ja, klar …

Der Schreck lässt mich ein paar Minuten vergessen, dass ich eigentlich auf Klo muss. Zurück in der Halle schaue ich mich zig mal um, ob mir der Kerl auch nur ja nicht folgt. Das tut er glücklicherweise auch nicht. Und dann meldet sich irgendwann meine Blase wieder. Diesmal gehe ich gleich zum Ausgang und lasse mir einen Stempel auf den Handrücken drücken. Draußen laufe ich dann im Eilschritt zwei Straßen weiter, bis ich eine Ecke gefunden habe, in der ich mich ungestört erleichtern kann. Wenn jetzt die Bullen aufkreuzen, denke ich und muss kichern.

„Abschütteln nicht vergessen!“, ruft mir eine nur zu bekannte Stimme von der anderen Straßenseite zu. Ich erstarre. Mausi! Natürlich habe ich damit gerechnet, dass ich ihn heute auch treffe, aber … Ich packe schnell ein und drehe mich um. Aber Mausi ist mit Tino im Arm schon weitergetrabt. Offenbar hat er mich nicht erkannt und gibt auch Fremden Anweisung, wie sie sich bei der öffentlichen Erleichterung zu verhalten haben. Da ist sie wieder, diese seltsam verschrobene, fröhliche Welt mit den tiefen Abgründen.

Einen Moment überlege ich, ob ich den beiden hinterherlaufen soll. Aber das lasse ich dann doch. Wenn sie mich schon nicht erkannt haben, muss ich ihnen auch nicht extra auf die Nase binden, dass ich lieber zwei Blocks durch die Gegend marschiere und an Hauswände pinkle, anstatt das Klo im Club zu benutzen …

Also bleibe ich eine Weile draußen und schlendere durch die Straßen. Ein wenig duselig fühle ich mich noch immer von dem Bacardi, aber es wird schon wieder besser. Da es aber noch ein Weilchen bis Mitternacht hin ist, frage ich die nächsten Passanten, die mir entgegenkommen, wo ich einen Bargeldautomaten finden kann. Andere Jungs in meinem Alter gehen ständig feiern und geben ein Heidengeld fürs Saufen aus. Irgendwie habe ich auch Lust, heute einen drauf zu machen. Und wenn das heißt, dass ich mir noch ein paar Bacardi-Cola kaufe, dann muss ich den Nachschub sicherstellen.

Etwa zehn Minuten laufe ich zum Geldautomaten und hebe nach längerem Überlegen tatsächlich 'nen Hunderter ab. Oh man, viel Kohle. Aber ich muss ja nicht alles versaufen, richtig?

Zurück gehe ich dann etwas schneller, weil ich jetzt richtig gute Laune habe. Immerhin bin ich ja nicht mehr allein und kann mich zumindest an Mausi und Tino hängen. Und wenn Mausi mich in irgendwelche dunklen Gefilde schleifen will, dann geh ich halt tanzen. Und sooo lang ist es ja auch nicht mehr bis Mitternacht …

Der Türsteher nickt mürrisch, als ich ihm meine Hand mit dem Stempel zeige. Wahrscheinlich hätte er mich sonst nach dem Ausweis gefragt oder mich gar nicht erst reingelassen. Aber so bin ich ja quasi Club-Mitglied. Mit einem Hochgefühl laufe ich in die Halle, die sich inzwischen doch gut gefüllt hat. Und auf der Tanzfläche schwingen mittlerweile auch genügend Huschen die Haxen. Ich muss lachen.

Meine Ecke, in der ich mich versteckt habe, ist nun besetzt. Ein paar ältere Männer in betont jugendlicher Kleidung unterhalten sich dort, ohne dabei die jungen Typen aus den Augen zu lassen.

Von Mausi und Tino keine Spur. Also besorge ich mir erst mal eine Bacardi-Cola in der Normalmischung. Der Barkeeper weiß schon Bescheid und stellt mir mein Glas hin, noch bevor ich bestellt habe. Ich will gerade meine Karte rausholen, damit er ein Loch reinknipsen kann, als er abwinkt. Ich schaue überrascht und er deutet in eine Richtung. Da steht der Typ von der Toilette und nickt mir grinsend zu. Na toll! Ich hab keinen Bock mir von dem was ausgeben zu lassen. Die Art von Bezahlung, die der sich vorstellt, ist mir zu teuer. Und während ich noch überlege, ob ich die Bacardi-Cola schnappen und abhauen soll oder nicht, kommt der Kerl auch schon auf mich zu.

„Kleine Entschuldigung", ruft er und reicht mir die Hand. „Ich bin Harald."

Ich zögere einen Moment, bevor ich Harald die Hand gebe und ihm meinen Namen zurufe.

„Ich hab das vorhin wohl missverstanden", sagt er jetzt und stellt eine bedauernde Miene zur Schau. „Für normal mache ich so was ja nicht, aber bei dir konnte ich nicht widerstehen."

Ja, klar, und wie ist das Wetter auf deinem Planeten? Ich lächle aber gezwungen und sage: „Schon okay."

„Gut, ich wollte nicht, dass du sauer auf mich bist."

„Nee, bin ich nicht", lüge ich. Aber zumindest rechne ich ihm das hoch an, dass er sich entschuldigt. Hat mich ja auch echt geschockt, der Kerl.

„Du warst noch nicht oft hier, oder?", fragt Harald und hält mir sein Glas zum Anstoßen hin. Ein wenig widerwillig komme ich der Aufforderung nach.

„Ich war letzte Woche zum ersten Mal hier."

„Oh, fast noch eine Jungfrau!" Harald grinst breit über seinen tollen Spruch, den ich mal so überhaupt nicht toll finde. „Und wie alt bist du?"

Mir ist der Kerl so unsympathisch, dass ich ihm am liebsten gar nicht antworten würde. Trotzdem sage ich: „Achtzehn, und du?"

„Oh, das ist ja noch superjung." Sein Grinsen wird immer schmieriger.

„Und wie alt bist du?", wiederhole ich meine Frage.

„Ach, da kann ich nicht mithalten", wehrt Harald ab. „Und was suchst du hier?"

Mich nervt es total, dass er meine Frage ignoriert. Natürlich kann ich mir denken, dass er mindestens doppelt so alt ist wie ich, aber wenn er mich schon ausfragt, dann soll er auch ein paar Antworten geben.

„Hey, du hast noch immer nicht auf meine Frage geantwortet!"

„Was denn für 'ne Frage?", tut er überrascht.

„Na, wie alt du bist. Ich hab dir ja mein Alter schließlich auch gesagt."

Jetzt guckt er mich ein wenig säuerlich an. „Warum willste das denn wissen?"

„Und warum wolltest du mein Alter wissen?"

Er lächelt dümmlich. Hinter ihm entdecke ich endlich Mausi und Tito. Na endlich! Kurz entschlossen nehme ich mein Bacardi-Glas und drücke es Harald in die Hand: „Halt mal bitte."

Skeptisch nimmt er das Glas und ich lasse ihn einfach stehen. Boah, so frech war ich noch nie und ich könnte hüpfen vor Freude. Natürlich hab ich mir das nur erlaubt, weil ich jetzt Gesellschaft habe und Mausi weitere Attacken von Harald ganz sicher mit großem Gekreische zurückweisen wird. Ich freu mich schon drauf.

„Neeeiiin!", schreit Mausi auch sofort los, als er mich sieht. „Was machst du denn hier? Ich dachte Sven hat heute keinen Bock?"

„Ich bin allein", sage ich und lasse mich von Mausi gleich zweimal umarmen und drücken. Genau das hab ich jetzt gebraucht: Irgendwo hingehören und jemanden zum Quatschen haben.

Auch Tito umarmt mich kurz zur Begrüßung. „So so, ganz allein unterwegs", grinst er.

„Ich wusste nicht, was ich zu Hause machen sollte und da hab ich mir gedacht, dass ihr doch bestimmt hier seid."

„Schlau, schlau", jubelt Mausi und führt einen kleinen Tanz auf. Dann hält er plötzlich inne und mustert mich. „Seit wann bist du eigentlich hier?"

„Och, schon eine Weile."

Mausi schnappt sich meine Hand und guckt triumphierend auf den Stempel. „Du warst schon draußen! Sag mal, pinkelst du immer in aller Öffentlichkeit?"

Sein Blick ist mit so viel theatralischem Entsetzen aufgeladen, dass ich einfach laut loslachen muss. Selbst Tito muss breit grinsen.

„Meine Herren, ich hoffe wirklich, du hast dir danach die Finger gewaschen!" Mit den Worten stößt er meine Hand weg und schüttelt angewidert den Kopf. An seinen Augen kann ich aber ablesen, dass ihm die Vorstellung eigentlich ganz gut gefällt.

„Weißt du", sage ich im Lehrerton, „der Mann an sich ist ja so gebaut, dass er pinkeln kann, ohne gleich darin zu baden."

„Jetzt hör sich einer unseren Kleinen an!", trällert Mausi fröhlich. „Was willst du trinken?"

Na endlich, darauf hab ich ja schon gewartet! „Bacardi-Cola", sage ich und zücke meine Karte.

„Vernünftig! Aber die lässt du stecken!" Mit den Worten rauscht er in Richtung Bar.

Harald beobachtet mich noch immer aus einiger Entfernung. Ich tue einfach so, als sähe ich ihn nicht und unterhalte mich stockend mit Tito. Im Gegensatz zu seinem Freund ist er in etwa so kommunikativ wie eine Wand. Aber das ist mir momentan vollkommen egal. Und spätestens als Mausi mit den Getränken zurückkommt, fängt der Abend an Spaß zu machen.

Bis Mitternacht kann ich die Bacardi schon gar nicht mehr zählen. Auf jeden Fall schon im zweistelligen Bereich. Immerhin hat sich Mausi doch noch darauf eingelassen, ab und an meine Karte zum Stempeln mitzunehmen, was mein Gewissen beruhigt. Mausi hat sogar ganz darauf verzichtet, mich in die hinteren Gemächer schleifen zu wollen.

Dafür hat er nun schon mehrfach Andeutungen bezüglich Sven gemacht.

„Warum sollte Sven sauer sein, dass ich hier bin?", frage ich jetzt bestimmt zum vierten Mal, weil Mausi das Thema immer wieder anschneidet.

„Nur so", weicht er wie üblich aus. „Ich mein ja nur, weil ihr doch letzte Woche so unzertrennlich wart."

„Das hat doch nix zu bedeuten", antworte ich und spüre, dass meine Zunge schon schwer ist.

„Na wer weiß", gibt Mausi zurück. „Ich muss mich schon sehr täuschen, wenn da nicht die Funken geflogen sind."

Ich bin natürlich total begeistert, dass Mausi die Lage so einschätzt. Jetzt, da ich schon ziemlich einen im Kahn habe, bin ich ja auch viel eher bereit, mir meine Verliebtheit einzugestehen.

„Ach, da wird doch nix draus", lalle ich und sehe in Mausis triumphierenden Blick.

„Hast du das gehört?", schreit er Tito an, der wie immer recht regungslos daneben steht. „Ich hab's doch gewusst! Ich hab's doch gesagt! Der Kleine und unser Svenni!"

„Hallo!", rufe ich. „Da wird nix draus!"

„Ach Quatsch! Die Mama wird schon dafür sorgen, dass das alles auf die Bahn kommt!"

Obwohl ich selbst im besoffenen Kopf weiß, dass das nichts Gutes verspricht, freue ich mich wie ein blöder Köter über sein Leckerli.

„Zumindest wollte Sven nicht, dass ich dich angrabe", lässt Mausi beiläufig noch fallen.

Aber ich kriege das gar nicht so richtig mit, weil in dem Moment wieder das Licht ausgeht und alles ist still und irgendwer grabscht mir an den Arsch. Aber ich bin viel zu unkoordiniert, um die Fummelattacke richtig abzuwehren. Irgendwie finde ich es ja auch ganz schmeichelhaft. Aber dann habe ich das Gefühl, als will man mich wegzerren. Nur blöd, dass es so dunkel ist und ich den Fummler nicht sehen kann. Sofort denke ich an Harald und mache einen Satz vor.

„Hey!", kreischt Mausi und ich spüre, dass mir ein Schwall Bacardi-Cola gegen die Brust platscht.

„Tschuldige", murmele ich Mausi zu und der hält mich fest.

„Das war aber ein Bacardi zu viel, oder?"

„Nee", sage ich mit schwerer Zunge und bin froh, dass ich hier zwischen Mausi und Tito sicher bin. Aber ich fühle mich seltsam. So als würde ich jeden Moment einschlafen.

Mit einem unglaublichen Getöse setzt die Musik wieder ein und gleißendes Licht blendet mich. Es ist, als ob ich gestorben bin und nun in den Himmel komme. Und vor mir steht Andy als Engel auf seiner Plattform und heißt mich Willkommen.

„Ich glaub, ich muss kotzen", sage ich und drücke mit diesen Worten quasi einen Alarmknopf. Plötzlich schwebe ich an Andy-Angel vorbei und zuckende Menschen bilden eine Gasse für mich, während Helfershände mich aus der dunklen Hölle aufs gleißende Gottesklo tragen.

Ich übergebe mich in die Schüssel.

„Alles in Ordnung?", fragt Tito nach einer Weile

„Lass den Jung in Ruh!", faucht Mausi.

Ja, das ist doch die Welt, in die ich zurück muss, oder?

Es dauert noch eine Weile, bis ich wieder klar bin. Aber dann fühle ich mich großartig. Alles scheint zwar vor meinen Augen zu verschwimmen, doch meine Füße sind am Boden festgeheftet und ich habe mich wieder unter Kontrolle.

Am Waschbecken wasche ich mir das Gesicht und bestimmt zwanzig Gesichter gucken mich durch den Spiegel an, als ich wieder aufsehe. Zwei davon sind mir bekannt. Immerhin.

Irgendwer mault was von *Drogenkindern*, aber das beziehe ich nicht auf mich.

Später stehe ich mit Mausi und Tito vor der Disco, weil Mausi darauf besteht, dass ich Luft brauche. Aber ich kann kaum abwarten, wieder reinzukommen zu Andy, um mit ihm zu tanzen. Und irgendwann geben die beiden nach und ich habe nur noch die Auflage, Wasser zu trinken, weil das angeblich irgendwas verdünnt und gegen Austrocknen hilft und noch tausend andere Dinge.

Ich bin glücklich.

21

Den ganzen Samstag habe ich einen Kater und kann gar nicht genug Wasser saufen. Meine Mutter ist schon besorgt, aber ich schaffe es, ihr 'ne Grippe vorzuspielen. Dabei bin ich selbst ein wenig beunruhigt, weil ich mich gar nicht mehr so genau an die Nacht erinnern kann.

Aber irgendwas muss passiert sein. Irgendwas, das ein wenig stärker ist, als Bacardi-Cola.

Mir fällt wieder ein, dass mir jemand am Hintern rumgefummelt hat. Harald vielleicht. Ob der mir was ins Getränk getan hat? Ich will da jetzt gar nicht drüber nachdenken.

Erst gegen Abend stehe ich wieder auf, um was zu essen. Dabei darf ich mir dann auch was von meiner Mutter anhören, weil sie natürlich doch checkt, dass ich keine Grippe habe. Aber das geht an mir vorüber. Und als ich schließlich wieder im Bett liege, schaffe ich es tatsächlich, sofort einzuschlafen.

Sonntag bin ich sensationell früh wach. Gegen sechs Uhr ziehe ich mich an und laufe eben zum Bäcker. Ich hab total Bock auf Rosinenschnecke. Außerdem kann ich mich mit Frühstücksbrötchen bei meinen Eltern wieder ein wenig einschleimen. Für normal verpenne ich ja den Sonntagmorgen.

Und dann sitze ich irgendwann vor dem Computer. Keine Mail. Noch immer nicht. Aber im Chat springt mir sofort Svens Nick ins Auge. „Ja!", entfährt es mir und ich öffne mit einem kleinen Herzsprung das Chat-Fenster.

LonelyBoy: hi
LonelyBoy: hab dich vermisst :)

Dann warte ich eine Weile, bekomme aber keine Antwort.

LonelyBoy: ist was nicht in ordnung?
LonelyBoy: bist du sauer auf mich?

Wieder dauert es. Ich bekomme schon ein mulmiges Gefühl, weil ich nicht weiß, was los ist. Das kann doch nicht an unserem kleinen Streit vom letzten Mal liegen, oder? Dann springt aber doch noch eine neue Zeile auf den Schirm.

PornoPaul: und ob ich sauer bin!!!

Das ist alles. Wie versteinert sitze ich vor dem Monitor und weiß nicht, was ich darauf antworten soll. Schließlich entscheide ich mich für ein einfaches *Warum?*, obwohl ich irgendwie gar nicht so sicher bin, ob ich das Warum auch erfahren will.

LonelyBoy: warum?
PornoPaul: weil du scheiße baust!!!
PornoPaul: und das finde ich scheiße!!!
LonelyBoy: was denn?

Natürlich ahne ich schon, dass Sven über meinen Disco-Besuch Bescheid weiß. Hätte ich mir eigentlich denken können, dass Mausi nicht damit hinterm Berg hält.

PornoPaul: marlon hat mir von eurer kleinen tour erzählt
PornoPaul: na? klingelt's? oder filmriss?

Ich atme tief durch. Das Letzte, was ich jetzt will, ist ein Streit mit Sven. Aber irgendwie sehe ich auch nicht ein, dass er sich schlimmer aufführt als meine Mutter. Nun gut, die weiß vielleicht auch nicht alle Einzelheiten, aber das ändert nichts an der Tatsache, dass Sven und ich uns ja im Grunde erst seit etwas über einer Woche kennen. Davor sind wir uns doch lediglich kurz im Flur bei ihm zu Hause begegnet und haben höchstens mal Hallo gemurmelt. Und dass er Bastians Bruder ist, berechtigt ihn ganz bestimmt nicht, mir jetzt Vorträge zu halten.

LonelyBoy: ich weiß was passiert ist
PornoPaul: ich hoffe, du weißt auch, dass das ziemlich beschissen hätte enden können!!!

Mmh. Vielleicht weiß ich doch nicht so genau, was passiert ist.

PornoPaul: echt, ich hab keine ahnung, was mit dir los ist!!!

Okay, ich habe ein paar Bacardi getrunken – vielleicht auch ein oder zwei zu viel. Dann habe ich mich übergeben, weil mir plötzlich so schlecht war, das weiß ich auch noch. Und irgendwie dieses Gefühl, dass da vielleicht mehr in dem Bacardi drin gewesen ist …

PornoPaul: wenn du mit der scheiße nicht aufhörst, werde ich wirklich sauer!!!

Gut, es wird langsam Zeit, dass ich doch mal nachfrage.

LonelyBoy: was meinst du überhaupt?
LonelyBoy: ich hab was getrunken und mich übergeben, ja und? da bin ich wohl nicht der einzige gewesen
PornoPaul: ach hör auf!!!
PornoPaul: mausi hat mir erzählt, dass du was genommen hast und danach abgegangen bist wie ein wilder
PornoPaul: hast du eigentlich 'ne ahnung, was das zeug anstellen kann?

Ich bin perplex. Mausi hat erzählt, ich hätte Drogen genommen? Aber ich war doch quasi die ganze Zeit bei ihm! Langsam erinnere ich mich wieder daran, dass ich mit den beiden auch draußen war, weil ich mich so komisch gefühlt habe. Und übergeben habe ich mich ja auch nicht einfach nur so. Und der Gedanke, das ich irgendwas genommen habe, ohne es überhaupt zu wissen, ist tatsächlich alles andere als beruhigend. Trotzdem habe ich ja nicht absichtlich was eingeworfen!

LonelyBoy: ICH HAB NIX GENOMMEN!!!
LonelyBoy: zumindest nicht absichtlich
PornoPaul: was soll das heißen? aus versehen???
LonelyBoy: ich glaube, mir hat jemand was ins glas getan
PornoPaul: klar

Ich starre ungläubig auf den Monitor. Sven glaubt mir nicht. Ich spüre, dass ich langsam sauer werde.

LonelyBoy: natürlich klar, oder glaubst du, dass ich jetzt plötzlich drogen nehme oder was?
PornoPaul: mausi meint, du hättest nur cola getrunken, die er be sorgt hat
LonelyBoy: bacardi-cola – und ja, er hat die gläser angeschleppt. heißt das jetzt, dass ihm keiner was ins glas getan haben kann?

Darauf kommt wieder keine Antwort, was mich noch wütender macht. Ich meine, immerhin bin ich derjenige, dem man irgendwas eingeflößt hat. Ich habe Grund, mich aufzuregen. Aber nein, stattdessen darf ich mir Schuldzuweisungen anhören.

PornoPaul: warum bist du überhaupt allein da hin?

LonelyBoy: vielleicht, weil mir langweilig war?
PornoPaul: hey, ich kann nicht immer auf dich aufpassen! ich hab auch ab und zu was anderes zu tun!
LonelyBoy: wie beruhigend. ich dachte schon, du willst mich adoptieren …
PornoPaul: witzig
LonelyBoy: na, du bist heute auch nicht gerade ohne humor
PornoPaul hat den privaten Chat beendet

Ich bin ganz fassungslos. Hallo? Was soll denn der Scheiß? Wütend suche ich in der Liste nach Svens Nick, aber der scheint tatsächlich ganz rausgegangen zu sein. Ungehalten klicke ich den Chat ebenfalls weg und drücke den Computer einfach aus, ohne ihn runterzufahren. Fahrig stehe ich auf und gehe ein wenig ziellos durch mein Zimmer.

Sven hat ja absolut recht. Das war große Scheiße. Und wenn ich so drüber nachdenke, dann bekomme ich nachträglich richtig Herzklopfen. Gestern konnte ich mich noch einigermaßen beruhigen, indem ich die Vergiftungstheorie einfach als abwegig abgetan habe. Aber jetzt? Es war dunkel und mir hat jemand in dieser Dunkelheit was ins Glas gekippt. Und ich hab das nicht mal mitbekommen, weil ich zu besoffen war. Was wäre denn passiert, wenn ich mich nicht übergeben hätte? Man liest doch immer wieder davon, dass irgendwelche Jungendlichen an Herzversagen sterben, nur weil sie sich was eingeworfen haben. Und was wäre gewesen, wenn Mausi und Tito nicht auf mich aufgepasst hätten? Womöglich läge ich dann jetzt gefesselt auf Haralds Bett. Bei dem Gedanken muss ich lachen, obwohl mir gar nicht zum Lachen zumute ist. Fakt ist, dass hinter all diesen Überlegungen immer auch ernste Möglichkeiten stecken.

Und jetzt habe ich bei Sven vollkommen verschissen. Das ist eigentlich das Schlimmste. Wenn ich doch wenigstens normal mit ihm reden könnte …

Weil ich irgendwie gar keine Ruhe mehr finde, rufe ich schließlich bei Bastian an. Aber es geht nur die Mutter dran und teilt mir mit, dass er bei seiner Freundin ist. Der Stolz in ihrer Stimme bleibt mir nicht verborgen. Und nach Sven kann und will ich auch nicht fragen. Also sitze ich wieder da. Unruhig, weil ich allein bin.

Schließlich wähle ich Andys Nummer.

„Ja?", geht er schon nach dem ersten Klingeln ran.

„Steph hier, hi", sage ich unsicher.

„Hi", sagt Andy und klingt mit einem Mal ein wenig freundlicher, was mich erleichtert. „Was gibt's?"

„Ähm – ja, also ich wollte fragen, ob …"

„Geht klar", unterbricht mich Andy, „wann bist du hier?"

„Oh, also – in einer halben Stunde?"

„Gut", sagt Andy und legt auf. Verdutzt schaue ich das Telefon an. Immerhin passt die Art zu telefonieren in das Bild, das ich von ihm habe. Ich grinse. Nicht mal die Ausrede hat er abgewartet. Ich packe trotzdem das Referats-Zeug ein. Im Grunde interessiert mich Thomas Mann gerade zwar gar nicht, aber man weiß ja nie …

Bevor ich losgehe, dusche ich mich noch gründlich. Reine Vorsichtsmaßnahme, falls Andy wieder einen Überfall startet und ich diesmal nicht die Flucht ergreife. Bei dem Gedanken kribbelt mein ganzer Körper.

Ich bin etwas später, aber Andy ist das ohnehin egal. Als ich zu ihm raufgehe, ist die Wohnungstür lediglich angelehnt.

„Komm rein!", ruft er und ich betrete die Wohnung. Sofort fällt mir der Qualm auf, der aus dem Zimmer zieht und Kichern. Überrascht stelle ich fest, dass Andy gar nicht allein ist.

„Hi!", sagt er und deutet mir, dass ich mich auch auf sein Bett setzen soll. Diesmal ist es ausgeklappt und zwei weitere Jungs sitzen ebenfalls schon drauf.

„Wir machen eine Privatparty", erklärt mir der Blonde und sein Kumpel mit dem Piercing in der Unterlippe lässt sich lachend zurückfallen.

„Willste was trinken?", fragt Andy und ich sehe, dass er eine Tüte zwischen den Fingern hält.

„Ähm – nein", sage ich zurückhaltend.

„Mann", antwortet Andy und springt vom Bett. Seine Augen sind gerötet und tellergroß. „Jetzt werd doch mal locker!" Und ehe ich mich versehe, drückt er sich an mich und schiebt mir seine Zunge in den Mund.

Überrascht will ich zurückweichen, aber Andy hält meinen Hinterkopf fest. Und dann gebe ich schließlich nach und spiele mit. Ein unglaubliches Gefühl, auch wenn Andy nach dem Zeug schmeckt, dass er gerade raucht. Die beiden anderen johlen und lachen und feuern uns an.

Dann beendet Andy die Knutschattacke und hält mich an der Taille. „Hier, nimm 'nen Zug, dann bist du auch endlich mal entspannt."

„Nein danke", sage ich dümmlich und sorge damit bei den beiden anderen für eine hysterische Lachsalve.

Auch Andy kichert, aber er hält mir weiter auffordernd die Tüte hin. Ach, was soll's. Entschlossen nehme ich das Ding und ziehe dran.

„Der ist doch voll süß, oder?", sagt Andy zu seinen Freunden. Dann zu mir: „Du musst die so halten. Dann dran ziehen und tief einatmen. Und halte den Rauch so laaaange es geht in dir."

Weil ich mir reichlich dämlich vorkomme und nicht voll süß sein will, versuche ich es noch mal. Beißend zieht sich der süßliche Rauch in meine Lungen. Es kratzt total in meinem Hals und ich huste.

„Drin halten!", sagt Andy und hält mich weiterhin fest.

Der Hustenreiz wird aber immer doller und ich atme schließlich röchelnd aus. Vor meinen Augen tanzen Sterne und meine Beine werden irgendwie weich.

„Komm", sagt Andy und nimmt mich mit zum Bett rüber.

Mir ist total schwindelig, aber mir gefällt es, wie die anderen beiden Platz machen und mich in ihre Privatparty aufnehmen. Und als der Joint wieder bei mir ist, probiere ich es noch mal. Diesmal klappt es besser und ich muss mich nur ein paar Mal räuspern aber nicht husten.

Ich finde es angenehm, dass das Theater mit Sven immer weiter in die Ferne rückt und auch meine Gedanken um diesen Harald und die Bacardi-Cola und …

„Du warst am Freitag im Club", sagt Andy irgendwann. „Ich hab dich gesehen."

„Ich dich auch", gebe ich zurück und kichere.

„Ach!" Andy schlägt mir aufs Bein, dann bricht er in einen Lachanfall aus. Ich finde das alles nur lustig. Und während die Gesichter des Blonden und des Piercings – ich kann die Namen nicht behalten, oder haben die sich gar nicht vorgestellt? – immer weiter zu einer seltsamen Masse verschwimmen, wirkt Andy von Runde zu Runde mehr wie ein Engel. Er strahlt richtig und heute sehe ich ihn so ausgelassen wie nie.

Und dann holt er irgendwann einen Spiegel raus und präsentiert uns weißes Pulver. Die beiden Typen jubeln und ich kreische vor Lachen, bis ich vom Bett falle. Keiner weiß, wieso ich überhaupt lache, aber die können sich ebenfalls nicht mehr zurückhalten, weil ich ja schließlich lache und somit irgendwas schon lustig sein wird. Und ich kann nur die ganze Zeit denken: *Da ist das Koks!*

„Warum lachst du?", blafft mich Andy irgendwann an. Sein Gesicht ist eine Mischung aus Engelchen und Bengelchen und ich kann schon nicht mehr, weil mein Bauch so weh tut und ich sowieso schon heule.

Irgendwann schaffe ich, es ihnen zu sagen: „Das ist ja Koks!" Und dann ziehen wir uns lachend das weiße Pulver in die Nase. Mit einem Schlag bin ich hellwach. Und mir fällt erst mal auf, wie schön ich überhaupt bin. Mein Shirt sitzt richtig gut und die Jeans, ein Traum. Der Blonde fängt an, irgendwas zu labern, von wegen, dass wir alle vier von Gott hierherbefohlen wurden, weil wir so außergewöhnlich sind. Zumindest was mich und Andy betrifft, hat er mich überzeugt. Wir sind wirklich außergewöhnlich.

„Weißt du", sage ich zu Andy, „der Bruder von Bastian hat mich ja vor dir gewarnt."

Andy guckt mich fragend an, dann lacht er. „Das war sein Bruder?"

„Ich wusste ja nicht, ob ich ihm glauben soll, aber jetzt weiß ich es: Das ist der totale Scheiß. Ich meine: Hallo? Der Böke hat uns ja nicht zufällig ausgewählt und den Thomas, oder?"

„Wer ist Thomas?", fragen alle drei gleichzeitig.

„Na, der Mann!", erkläre ich ungeduldig, weil ich nicht verstehe, wie man diese Zusammenhänge übersehen kann.

„Der Mann", sagt der Blonde und das Piercing wiederholt es noch mal ehrfürchtig: „Der Mann! Aber welcher?"

Ich spüre, dass Gott bei den beiden einen Fehler gemacht haben muss, aber auch das gehört schließlich zum Plan. Wie sonst soll Andy meine Schönheit erkennen, wenn links und rechts nicht die missratenen Alternativen sitzen?

„Thomas Mann", sage ich überdeutlich.

„Verstehe", antwortet Andy und seine Augen leuchten wild.

Natürlich versteht er das, weil das doch überhaupt der Plan ist!

„Und wenn ich uns beide jetzt so ansehe", fahre ich fort, „weiß ich, dass jeder Sven auf der Welt eigentlich nur mein Vater sein kann, richtig?"

„Oh man", sagt der Blonde. „Du bist verrückt!"

„Nur weil du zu blöd bist, das zu verstehen?", schreit Andy ihn plötzlich an. „Der hat eine Seele, verstehste das?"

„Der hat das Licht gesehen!", murmelt das Piercing fassungslos und ich gebe ihm den Namen Otto.

„Otto!", sage ich laut und keiner antwortet. Also weiß ich, dass alles gut ist und kann zufrieden sein mit mir.

„Wer hat dich überhaupt eingeladen?", schreit Andy und haut dem

Blonden eine runter.

„Ich bin zuletzt gekommen", mische ich mich ein, „also muss er schon da gewesen sein!"

Der Blonde schreit irgendwas und dann gibt es ein Gerangel. Aber Andy liegt oben und ich sehe jede noch so kleine Struktur seiner Jeans. Die goldenen Nähte, wie sie sich in perfektem Schwung als Taschen um seine Hinterbacken klammern. Dieses leichte Auf und Ab, während er versucht, dem Blonden zu zeigen, wer hier der Herr der Party ist.

„Da ist das Koks", murmele ich und halte mit diesen magischen Worten das Treiben an. Ich bin Gott. Ich kann bestimmen, was hier geschieht. Und plötzlich ist der Blonde nackt und auf seinem Bauch schiebt Andy weiße Linien zusammen. Ich sauge zwei davon auf, zusammen mit dem Moschusgeruch, den der Blonde verströmt. Es ist, als könnte ich den Duft sehen, wie er lila aufsteigt und uns um die Nasen weht. Und auch das ist logisch, weil er bereit ist, sich dem höheren Geschöpf anzubieten.

Andy reißt sich die Klamotten runter und springt auf den Blonden auf. Ich wundere mich kurz, dass ich die Jeans nicht mehr sehe, dafür um so mehr. Und Otto stöhnt und leckt sich die Lippen, während Andy mich angrinst und der Blonde langsam aber sicher ein Veilchen bekommt. Das macht Sinn.

Dann taucht das Licht in das Dunkel ein und ich spüre, wie ich feucht werde zwischen den Beinen und zucke und keuche und … Andy steckt in dem Blonden und Otto wichst dazu. Nur ich habe noch meine Hose an. Aber Andys Hand liegt auf meinem Schritt. Der Orgasmusspender. Wir sind beide Götter. Er grinst mich an, während er fickt. Und ich grinse zurück, obwohl ich plötzlich saumüde bin. Ich warte, bis das Geschrei vorbei ist, dann lasse ich mich auf das Bett fallen und habe das Gefühl, das Fallen hört gar nicht mehr auf. Immer tiefer geht es, immer tiefer. Dann fangen mich heiße, verschwitzte Körper auf und alles ist ruhig.

22

Es wackelt. Erst denke ich, dass ich mir das nur einbilde, dann bin ich aber sicher, dass es vielleicht ein Erdbeben ist oder so. Ich werde wach und blinzle. Neben mir kniet der Piercingtyp und holt sich einen runter.

„Was …“, fahre ich auf und schubse ihn von mir weg. Unbeholfen fällt er aus dem Bett. Jetzt regen sich auch die anderen und ich merke, dass ich halbnackt neben ihnen liege. Anders als am Samstag weiß ich sofort, was passiert ist. Mit einem Satz springe ich auf. Meine Hose ist feucht, aber offenbar habe ich sie die ganze Zeit angehabt.

„Was isn?“, beschwert sich das Piercing und kommt mühsam wieder auf die Beine. „Schlecht drauf?“ Mit der Rechten fummelt er noch immer an seiner Latte rum.

Das Zimmer sieht aus wie nach einem Bombenanschlag. Ich suche mein Shirt, kann es aber nirgends finden.

„Machst du Kaffee?“, fragt Andy und grinst mir verschlafen zu.

„Kaffee?“, frage ich ungläubig. Der glaubt doch nicht ernsthaft, dass ich mitten in der Nacht noch für ihn Kaffee koche! Der Blonde und das Piercing finden auf dem Bett zueinander. Oh Mann, was ist bloß passiert, dass ich da mitgemacht habe?

Da ist das Koks, zuckt es mir durch den Kopf. Und obwohl ich eigentlich von mir selbst entsetzt bin, muss ich grinsen.

„Natürlich Kaffee, oder was trinkst du morgens so?“ Andy stemmt sich aus dem Bett, während die beiden anderen sich unter heftigen Küssen aneinanderreiben.

„Morgens?“, frage ich verdattert.

Andy sucht das Band für die Jalousie. Zweimal fasst er daneben, dann zieht er mit einem Ruck daran und lässt Tageslicht in die Bude. Ich stehe völlig fassungslos da. Die Jalousie hat die Außenwelt perfekt abgeschirmt und weil hier drin noch Licht an ist, konnte mir gar nicht auffallen, dass es möglicherweise schon Tag ist … Aber – wie lange habe ich denn dann geschlafen?

„Wie spät ist es?“, frage ich aufgebracht und der Blonde guckt träge zu mir rüber, während das Piercing den Kopf in seine Körpermitte presst. Auch ‘ne Art Frühstück.

„Gleich elf“, sagt Andy, als wäre das vollkommen normal.

„Was?“ Ich weiß gar nicht, was ich sagen soll. Panisch fange ich an durch das Zimmer zu laufen. So spät schon! Es ist doch Montag! Oder ist Sonntag? Nein, es war ja schon Sonntag als ich hergekommen bin.

Andy fasst mich am Handgelenk. „Alles okay“, sagt er. Das ist keine Frage, sondern ein Befehl. In Andys Leben ist alles okay! Dann hält er mir plötzlich einen Joint hin.

„Du bist total aufgekratzt“, sagt er ruhig.

„Wir sind nicht zur Schule gegangen!", antworte ich und komme mir vor wie der letzte Streber.

Das Piercing lacht mit vollem Mund und der Blonde beschwert sich, er soll das Lachen lassen und weitermachen.

Was für eine Welt ist das denn hier? Ich komme mir vor, wie in einem ganz schlechten Traum und alles ist so ohne Perspektive.

„Wen interessiert denn die Schule?", sagt Andy. „Weißt du eigentlich, dass ich von dir ziemlich überrascht bin?"

„Überrascht? Wieso?"

„Ich hätte nicht gedacht, dass du heute noch hier bist." Andy grinst. „Aber ich hätte auch nicht gedacht, dass ich dich mal scharf finde …" Und dann greift er mir in den Schritt. Sofort regt sich was, aber ich halte ihn auf. Meine Hose ist klebrig und fühlt sich echt eklig an.

„Du bist bestimmt noch Jungfrau, oder?", fragt Andy und das Piercing lacht wieder gurgelnd.

„Ich muss jetzt zur Schule", sage ich. Fast füge ich noch an, dass Andy besser auch mitkommt, aber das verkneife ich mir. Ich will gar nicht, dass er jemals wieder zur Schule kommt. Ich will nicht, dass diese abgründige Welt in meine Welt einbricht.

„Vergiss die Schule, verdammte Scheiße!", mault Andy und lässt von mir ab. Ich schaue mich weiter nach meinen Shirt um. Ich kann ja schlecht ohne gehen. Und die Tatsache, dass ich es nicht finde, macht mich völlig fertig. Schließlich stöhnt der Blonde laut auf und spritzt dem Piercing seine Ladung ins Gesicht. Ich sehe dabei zu, ohne auch nur das Geringste zu fühlen. Das ist das Ende der Welt. Hier wird jeder nur gefickt und wischt sich anschließend notdürftig die Rotze aus dem Gesicht, damit er wieder akzeptabel aussieht für die nächste Runde. Und als ich begreife, dass sich das Piercing gerade mit meinem Shirt säubert, knicken mir die Beine ein und ich lande auf dem Sitzsack. Mir ist zum Heulen. Und warum auch nicht? Auf dieser Welt gibt es nichts mehr, das mir noch was bedeuten könnte, weil alles in dieses Loch des Elends eingesaugt wird und für immer verdorben ist. Und mein Shirt auch …

„Depri?", fragt Andy und hält mir wieder den Joint hin. Diesmal ist er an.

Ich nicke nur und weil gerade eh alles egal ist, nehme ich die Tüte und ziehe dran. Es wirkt nicht mehr so wie gestern. Schwindelig wird mir trotzdem. Und nach einer Weile rückt alles von mir ab, sogar der

Piercingtyp, der schon wieder an sich rumspielt und nun auf den Blonden abwichst.

Irgendwann bin ich so fertig, dass ich mich einfach über den Sitzsack lege und wieder wegdöse. Am Ende der Welt winkt mir Mausi mit einer Wundertüte zu. Andy reicht ihm Feuer und dann habe ich eine Wunderkerze im Mund, die mich total weghaut.

Als ich wieder aufwache, ist die Jalousie oben und draußen ist es dunkel. Das Piercing und der Blonde sind weg und ich habe sofort das Gefühl, als ließe sich nun freier atmen, weil die Luft sauberer ist.

Andy kommt aus dem Bad und trocknet sich die Haare ab, während er nackt hin- und herläuft und ein wenig aufräumt.

Mir tut der Rücken total weh und ich komme kaum hoch.

„Willste noch hier bleiben?", fragt Andy und ich weiß nicht, was ich antworten soll, ob ich überhaupt was antworten kann.

„Keine Ahnung", sage ich schließlich.

Andy bleibt stehen und scheint zu überlegen. „Ich muss gleich arbeiten."

„Im Club?"

„Nein. So 'ne Privatparty." Er zögert, aber dann fragt er doch: „Willste mitkommen? Ich hab genug Klamotten im Schrank."

Ich will nicht mit. Aber ich will auch nicht nach Hause. Irgendwie fühle ich mich viel zu schmutzig, um nach Hause zu gehen.

„Mann, du bist fertig, was?" Andy lacht. „Da müssen wir was gegen tun!"

Weil ich ihm dabei helfen will, gehe ich duschen. Zehn Minuten später komme ich aus dem Bad, nur mit einem Handtuch um die Hüften. Andy hat mir Klamotten rausgelegt. Unterwäsche von Calvin Klein! Hab ich noch nie angehabt so was.

„Los, beeil dich, wir sind spät dran", treibt Andy mich an. Irgendwie hinterfrage ich das gar nicht mehr, weil ich froh bin, dass es plötzlich wieder eine Richtung gibt, in die ich gehen kann. Also ziehe ich mich an und staune über die noblen Klamotten. Als ich mich im Spiegel angucke, sehe ich aus wie ein Model. Dann kommt Andy noch mit Gel an und reibt und zupft an meinen Haaren rum. Ich bin total erstaunt.

„Was ist das für eine Party?", frage ich, aber Andy reicht mir den Spiegel und schon wieder ist das Koks da. Eigentlich will ich gar nicht, weil ich doch genau weiß, dass man so was nicht macht. Und ich entscheide mich auch dagegen, als ich das Brennen auf der Nasenschleimhaut spüre. Bitter läuft es mir den Rachen hinunter, wie gestern, nur dass ich es jetzt wirklich mitbekomme.

Dann stehe ich vor dem Spiegel und mir gehört die Welt. Es kommt mir so vor, als könnte ich erst jetzt richtig sehen, weil ich vorher nur geschlafen habe. Aber vielleicht habe ich das ja auch …

Später sitzen wir im Taxi und fahren irgendwohin. Andy streichelt die ganze Zeit mein Bein und erzählt Dinge, die so unglaublich viel Sinn machen und mich das ganze Leben verstehen lassen. Und immer wenn ich was dazu sage, ist es, als hätte ich die Sprache ganz neu erfunden, als könnte ich mühelos Andys gescheite Ausführungen noch toppen. Keine Frage, wir sind intelligent, auch wenn wir heute nicht in der Schule waren.

Bevor wir aussteigen, zieht Andy mich an sich und flüstert: „Unter zwei Hunnis geht nichts, klar?"

Ich nicke, weil ich das absolut verstehen kann. Heute sind wir Dressmen und da ist das Leben teuer. Nichts kostet heute unter zweihundert Taler.

Andy grinst und ich grinse mit und verstanden habe ich nichts.

Die Party findet in einer noblen Villa statt und alle Gäste sind männlich. Na, das ist mal ein komischer Zufall. Aber ich weiß sofort, dass am anderen Ende der Welt ein ebensolches Haus stehen muss, nur mit Frauen.

Wir werden sehr förmlich begrüßt und es macht Spaß, sich in dieser Gesellschaft zu bewegen, die es zu schätzen weiß, wie man sich benimmt. Ich spüre, dass ich von Begrüßung zu Begrüßung immer größer werde, bis ich es schließlich selbst bin, der die Leute Willkommen heißt, weil das ja schließlich nur meine Party sein kann. Das Leben ist schön.

Ich trinke zum ersten Mal in meinem Leben Champagner. Und ein Mann Mitte dreißig schenkt ihn mir persönlich ein, weil er nicht glauben kann, dass es für mich das erste Mal ist. Dann redet er mit mir über Golf. Obwohl ich nichts davon verstehe, fühle ich mich bestens unterhalten, weil es eine Freude ist, die Zähne des Mannes aufblitzen zu sehen.

Andy ist heute Abend ganz galant. Er hilft einem älteren Mann die Treppe hoch in den ersten Stock. Ich schaue hinterher, weil ich kaum glauben kann, dass das Andy ist, der plötzlich Manieren hat wie in einem Schwarzweißfilm.

„Ich könnte Ihnen auch die obere Etage vorführen, wenn Ihnen danach ist", lenkt mein Gesprächspartner wieder meine Aufmerksamkeit auf sich.

„Oh", mache ich, „lohnt sich das denn? Die Gesellschaft findet doch vornehmlich hier unten statt, oder?" Allein wie die Worte aus meinem Mund fließen, es ist eine Freude.

„Oben findet man eher die privaten Arrangements", antwortet der Mann und zwinkert mir zu. Und jetzt verstehe ich auch, was Andy damit meint, hier arbeiten zu müssen. Jetzt kann ich Mausi und Sven mit Stolz erzählen, dass sie recht haben! Ach, wenn die beiden nur hier sein könnten …

„Wir können allerdings auch in den Garten gehen", sagt der Mann, der zielstrebig mit mir ein privates Arrangement anstrebt. Schlecht sieht er nicht aus und Champagner einschenken kann er.

„Sehr gern", antworte ich und fühle mich wie Sissi, die man zum Tanz führt. Die Luft ist mild und der Garten entpuppt sich als lauschiges Plätzchen, wo man hier und da eine Bank findet, die sich besitzen lässt.

„Wenn ich fragen darf, wie lange sind Sie schon im Geschäft?" Mein Begleiter scheint mir von der neugierigen Sorte. Jetzt stellt er schon Fragen, die ich selbst nicht beantworten kann.

„Wie meinen?", frage ich also zurück und gebe mir Mühe, wenn schon nicht schlau, dann doch zumindest gut auszusehen.

Jetzt bricht der Typ die Etikette. „Wie lange du schon als Call-Boy arbeitest", raunt er mir zu.

Tue ich das? Ich bin ein wenig überrascht. Ja, Andy macht das vielleicht, aber ich … Ich bin doch nur auf dieser Party, weil er mich mitgenommen hat und …

„Bist du überhaupt volljährig?", fragt mich der Typ jetzt. Zumindest das kann ich beantworten.

„Natürlich, was glauben Sie!", sage ich mit filmreifer Entrüstung.

„Du gehörst hier nicht hin, hab ich recht?"

Und damit hat er recht, das spüre ich. Also schüttle ich den Kopf.

„Hast du Drogen bei dir?"

„Nein."

„Aber du hast welche genommen, richtig?"

Ich fühle mich ertappt.

„Kannst du mir sagen, wer dir welche gegeben hat?"

Langsam schaltet sich wieder mein globales Verständnis ein. Das hier ist kein Flirt und auch kein Call-Boy-Job, das hier ist ein Verhör!

„Ich habe keine Drogen bekommen", sage ich bemüht.

Der Kerl lacht und ich kann an seinen Zähnen ablesen, dass er Polizist ist. Wie ich das mache, keine Ahnung, aber ich will wetten, dass ich recht habe.

„Wenn Sie mich entschuldigen, ich muss mal auf die Toilette", sage ich galant und reibe mir dabei die juckende Nase.

„Mach, dass du hier weg kommst, schnell", raunt mir der Kerl zu und dreht sich dann ab, um in sein Jackett zu sprechen.

Und ich laufe. Im Haus geht die noble Gesellschaft ihren Gang, nur ich spurte die Treppen hoch, weil ich es eilig habe zu meinem persönlichen Arrangement zu kommen.

„Andy!", rufe ich und stoße eine Tür auf. Vor mir steht jemand an ein Kreuz gebunden. Nicht Andy. Ein anderer fragt, ob ich helfen möchte. Nein. Ich haste weiter und störe die privaten Zwei- und Dreisamkeiten. Das ganze Haus scheint sich in meinem wilden Galopp zu drehen, bis ich endlich Andy gefunden habe, der vornübergebeugt auf einem Himmelbett kniet, während der hilfsbedürftige Alte ihn von hinten knallt.

„Was …", fängt Andy an und der Typ hinter ihm meckert und weigert sich aufzuhören. Aber die Panik in meinen Augen springt über. Vielleicht habe ich auch was gesagt. *Polizei.* Oder *Koks.* Irgendwas, das den Fluchtreflex hier in Gang bringt. Jedenfalls will Andy plötzlich mit mir verschwinden. Und auch der Alte zieht sich schnell an.

Wir poltern die Treppe herunter und reißen die Gesellschaft aus ihrem müden Blabla. Andy lacht irre und ich lache mit und wir galoppieren wie Pferde durch die Halle zum Hinterausgang. Weil von vorn kommen die Bullen. Zumindest scheinen wir das beide gleichermaßen zu vermuten.

„Hey!", ruft der Champagner-Kerl und hört auf, in sein Jackett zu reden. „Hey! Bleibt stehen!" Aber ich renne ihn mit aller Wucht um, sodass er in einem schönen Bogen in den nächsten Buchsbaum fliegt.

Andy und ich rennen in die Dunkelheit. Irgendwann ist das Grundstück zu Ende und wir drücken uns durch eine Hecke, die mit ihren Krallen tiefe Kratzer hinterlässt.

„Scheiße!", flucht Andy und lacht wieder wie von Sinnen. Die Klamotten sind hin. Aber wir sind dafür auf dem nächsten Grundstück, während rechts von uns in stetigem Puls Blaulicht aufleuchtet.

„Woher wusstest du das?", fragt Andy, während wir weiterlaufen. Ich kann nicht antworten, weil in dem Moment die Beleuchtung des fremden Hauses angeht und Hunde anschlagen.

„Verdammt!" Zumindest Andy findet immer Worte.

Wir sprinten auf einen Zaun zu und springen daran hoch. Ob die Hunde wirklich hinter uns sind oder nur in einem Käfig, ist vollkommen egal. Das Adrenalin stößt mich immer weiter.

Und irgendwann falle ich einfach hin, auf einen herrlich weichen Rasen, der aus Engelshaar gemacht sein muss. Andy landet neben mir und wir kichern leise.

„Gut, dass ich die Kohle immer vorher einsacke", flüstert Andy, aber ich höre schon gar nicht mehr richtig zu.

23

Angel schläft nicht, er liegt nur da und lauscht den Geräuschen der Nacht und hält nach den Blaulichtern Ausschau. Also doch, man hat ihn ja gewarnt, den Auftrag anzunehmen, weil in der Villa nicht alles mit rechten Dingen zugeht. Nun gut, manche sehen Koksen auch als nicht rechtens an, oder schwule Prostitution. Aber dass die tatsächlich die Villa vom Steinbach stürmen – das muss schlimmere Gründe haben als ein bisschen Koks und ein paar lockere Boys. Darüber macht sich Angel aber keine Gedanken. Für ihn ist lediglich ein guter Kunde weggebrochen, bei dem man locker im dreistelligen Bereich liegt pro Nacht. Und allein für Steph hat Angel ja schon eine gute Provision bekommen. Na ja, die wird den Alten jetzt wahrscheinlich eh nicht mehr interessieren, weil er andere Probleme hat. Allerdings hätte das insgesamt ein gutes Geschäft werden können. Steph ist schön naiv, jung und sieht gut aus. Da wäre die ein oder andere Summe noch abgefallen.

Angel zieht ein Tütchen aus der Tasche, drückt es sich an die Nase und saugt das Koks direkt rein. In der Dunkelheit und ohne glatte Oberfläche kann er stilvolle Lines ohnehin vergessen.

Er wartet einen Moment, bis das Zeug wirkt. Irgendwie scheint er in der letzten Zeit immer länger warten zu müssen. Vielleicht hat der Steinbach ihm auch schlechte Ware angedreht, wer kann das schon wissen?

Noch mal lässt er die Szene Revue passieren, wie Steph plötzlich ins Zimmer geschossen kommt, mit Augen, so groß wie Fußbälle und der puren Panik im Gesicht. Angel spürt, dass er richtig wach wird. Und jetzt fällt ihm auch auf, dass er ohne Steph ganz sicher nicht davongekommen wäre. Es ist wie eine Fügung des Schicksals. Vielleicht gehört Steph ja wirklich nicht hierher, sondern war lediglich dazu da, ihm aus der Patsche zu helfen. Schicksal halt.

Einen Augenblick lang spürt Angel tatsächlich so was wie Mitleid. Steph ist sicher kein schlechter Typ. Aber Angel weiß, dass Steph nicht lange in seiner Welt überleben würde. Angel ist etwas Besonderes und das spürt er auch, wann immer er die Nase ins Koks steckt. Es gibt nichts, was er nicht schaffen könnte – außer das Abitur vielleicht. Aber wer braucht das schon?

Etwa eine Stunde bleibt er noch liegen und starrt in den Himmel und ab und zu auch zu Steph hinüber, der wie bewusstlos daliegt. Dann steht er auf und sucht sich einen Weg vom Grundstück hinunter. Dabei muss er vorsichtig sein, weil in dieser Gegend eigentlich jedes Plumpsklo mit einer Alarmanlage gesichert ist.

Als er wieder auf der Straße steht, tippt er eine Nummer ins Handy und wartet. Er ist zwar alles andere als frisch, aber das wird er schon geschickt ins Spiel einzubauen wissen. Notfalls erzählt er einfach die Wahrheit und Gerome wird es dem zerzausten Flüchtling mit Begeisterung besorgen und dafür gern ein paar Scheine hinlegen. Die kann Andy dann morgen einzahlen und vielleicht reicht es ja schon für Flugticket und Startgeld. Engel müssen fliegen, wenn sie nicht gerade genagelt werden.

24

„Hallo?", ruft eine ängstliche Frauenstimme.

Ich bin sofort hellwach. „Ja?", sage ich und richte mich auf. Mit brennenden Augen sehe ich das Gras unter mir und dass es schon Tag ist.

„Was machen Sie denn auf meinem Grundstück?"

Ich reibe mir kurz die Augen und blinzle die Frau an, die sich mir mit gehörigem Abstand und einem Telefon in der Hand zuwinkt.

„Ist alles in Ordnung mit Ihnen?" Sie sieht aus, als sei sie zwischen Ärger, Verwunderung und Besorgnis hin- und hergerissen.

„Ja", antworte ich und komme langsam auf die Beine. Erst jetzt fällt mir auf, das ich allein bin. Von Andy keine Spur. Ich schaue auf die Uhr und bekomme einen Schreck. Fast schon zehn. Das scheint zur Angewohnheit zu werden …

„Ich hab mich verlaufen", sage ich zu der Frau, „entschuldigen Sie, ich wollte Sie nicht erschrecken."

Die Frau nickt eine Spur nachsichtiger.

„Wie komme ich zur Straße?"

„Einfach hier vorn vorbei", antwortet sie. „Aber es ist alles in Ordnung?"

„Bis auf dass ich zu spät zur Schule komme", sage ich und laufe los. Um zehn hab ich doch den Termin mit dem Dornfels. Wenn ich den wieder platzen lasse, kommt der noch auf die Idee, meine Eltern in die Geschichte mit reinzuziehen.

Am Bahnsteig bin ich hin- und hergerissen. Soll ich erst nach Hause? Dann komme ich aber garantiert zu spät und kann den ambitionierten Dornfels nicht mehr aufhalten. Außerdem wartet zu Hause sicher meine aufgeregte Mutter. Mir wird ganz heiß, wenn ich an das Theater denke, das mir bevorsteht. Obwohl, ich war doch im Prinzip nur einen Tag weg – einen Schultag. Oh man …

Ich steige in die Bahn, die mich zur Schule bringt. Die Klamotten sind erst mal egal – und ich glaube, so schlimm sehen die gar nicht aus. Die Weste hat an der Brust einen Riss und das Hemd ist am rechten Ärmel ein wenig mitgenommen. Andy wird sich freuen. Und wo ist überhaupt das Jackett? Ich kann mich gar nicht erinnern, dass ich es ausgezogen habe.

Müde sitze ich im letzten Abteil und hole mein Handy aus der Hosentasche. Es dauert einen Moment, bis es eingeschaltet ist. Und dann piepsen auch schon die Nachrichten und ich sehe, dass ich insgesamt zwölf Anrufe verpasst habe. Zwölf! Viermal unser Hausanschluss, zwei mal das Handy von meinem Vater und der Rest ist von Bastian …

Ich lese die Kurzmitteilungen. Sind nur drei, und alle von Bastian.

WO BIST DU??? KRANK??? ENGLISCH IST ÖDE

Die ist noch von Montagmorgen. Ist also aufgefallen, dass ich nicht da war.

Ich klicke weiter.

DEINE ELTERN HABEN GERADE ANGERUFEN!!! WAS

IST DENN LOS??? SVEN IST AUCH TOTAL GAGA UND LABERT SCHEISSE

Mir wird schlecht. Sven labert Scheiße? Das kann eigentlich nur bedeuten, dass meine Eltern nach mir gefragt haben und er ihnen gesagt hat, dass ich neuerdings mit Gogo-Boys unterwegs bin. Die Nachricht ist um kurz nach elf Uhr geschrieben worden. Da war ich ja schon gar nicht mehr auf dieser Erde. Und wenn meine Eltern mich da vermisst haben, hat Sven doch sicher eins und eins zusammengezählt. Nervös klicke ich weiter.

STEPH! MELDE DICH BITTE! DEINE ELTERN SIND GANZ SCHÖN FERTIG UND ICH MACH MIR SORGEN. BIST DU BEI ANGEL? SVEN

Die Nachricht wurde eine halbe Stunde später geschickt. Sven muss Bastian das Handy abgenommen haben. Mann, auffälliger geht's nicht, was? Wie soll ich Bastian denn jetzt erklären, warum mir sein Bruder von seinem Handy aus Nachrichten schreibt?

Dann piepst es wieder und ich bekomme zwei weitere SMS nachgeliefert.

STEPH! WAS IST LOS? DEINE ELTERN RUFEN ANDAUERND AN, WEIL ICH IHNEN GESAGT HABE, ICH WÜSSTE VIELLEICHT WO DU BIST!!! LANGE KANN ICH DIE NICHT MEHR HINHALTEN. SVEN.

Das war kurz nach Mitternacht. Mir wird ganz schlecht, wenn ich daran denke, was in der nächsten Nachricht stehen wird. Sven hat doch nicht wirklich meinen Eltern erzählt, dass ich …

Ich rufe die nächste SMS auf und lese:

SORRY!!!

Ich schließe die Augen. Ein Mischmasch aus tausend Gefühlen rauscht durch mich hindurch. Wie soll ich das bloß alles wieder ins Reine bringen? Wie konnte ich überhaupt keinen einzigen Gedanken an meine Eltern verschwenden? Ist doch klar, dass die ausrasten, wenn ich nicht zur Schule gehe. Wahrscheinlich hat Bastian es ihnen auch noch mitgeteilt, indem er nach der Schule zu mir wollte. Und dann Sven …

Mir wird ganz schlecht. Der erste Schritt wäre jetzt wohl, dass ich zuerst meine Mutter anrufe und dann meinen Vater auf dem Handy. Ich muss ja nix sagen, nur dass ich unterwegs in die Schule bin und heute irgendwann nach Hause komme. Aber will ich das überhaupt? Ich meine, mein Outing hab ich mir anders vorgestellt. Und jetzt wissen es auf einmal alle ...

Plötzlich klingelt mein Handy. Mir wird ganz schwarz vor Augen, weil es mein Vater ist. Und er weiß, dass ich das Handy anhabe, schließlich kommt keine Ansage, dass ich nicht zu erreichen bin. Widerwillig geh ich dran.

„Steph?", ruft mein Vater aufgebracht. „Steph, bist du dran?"

„Ja", sage ich. Dann schweigen wir beide. Ich aus Angst und mein Vater wohl vor Erleichterung oder Wut oder was auch immer.

„Wo bist du?", fragt er schließlich.

„In der Schule", lüge ich. Aber es ist ja gleich die Wahrheit.

„Ruf deine Mutter an! Ich muss jetzt weiter arbeiten." Mein Vater räuspert sich und irgendwie klingt er ganz weit weg. „Bis nachher."

Ich lausche noch eine Weile dem Tuten. *Bis nachher.* Das kam so komisch, als ob mein Vater weinen würde. Kann ich mir gar nicht vorstellen.

Geschockt wähle ich die Nummer von zu Hause. Noch mit dem ersten Klingeln geht meine Mutter dran und schreit: „Steph?"

„Ja", sage ich. „Ich komm nach der Schule nach Hause."

Meine Mutter schluchzt. „Gut", sagt sie schließlich und auch dieses Gespräch ist beendet.

Ich fühle mich, als hätte ich im Boxring gestanden. Und meine Hände schwitzen, als wären sie Wasserspender. Wie soll ich das nur alles überstehen? Warum überhaupt? Ein Anruf hätte doch genügt. Aber dass dieser verpasste Anruf gleich ein solches Chaos anrichtet, finde ich etwas übertrieben. Das kann doch nur passieren, weil ich sonst so brav bin. Andere Jungs können tagelang wegbleiben und das ist okay. Bei Andy würde es wahrscheinlich nicht mal auffallen, wenn er für immer verschwindet. Die Welt ist ganz schön verkorkst. Verkorkst und verkokst.

Als ich das Handy zurück in die Hosentasche schiebe, finde ich ein kleines Päckchen. Ich ziehe es hervor und sehe eine Art Abschiedsgeschenk von Andy: Ein weißes Gramm voller klärender Gedanken.

Die Bahn hält an und ich bekomme gerade noch rechtzeitig mit, dass ich aussteigen muss. Keine zwei Minuten mehr, dann bin ich wirklich in der Schule. Ich spüre einen leichten Brechreiz. Sven hat es erzählt, Bastian weiß es, dann Maike auch … Alle wissen es. Und jetzt komme ich daher und muss mit dem Dornfels ein Gespräch führen, weil sonst das Chaos losbricht. In diesen Klamotten durch die Schule, sodass jeder sofort sieht, dass ich auf einer Puffparty war und danach im Freien geschlafen habe. Aber warum eigentlich? Das Chaos ist doch schon ausgebrochen! Der Dornfels und alle können mir doch egal sein! Dieser Gedanke hallt mit Andys Stimme in meinem Kopf nach. Ich betrachte das Koks in meiner Hand. Die Welt sähe nicht so Scheiße aus, wenn … Nein, ich bin nicht Andy und ich will auch nicht so werden. Oder?

Es ist ein Kampf bis zur Schule. Und ich bin zu spät, was ja schon klar war. Aber noch kann ich zum Dornfels rein und zumindest einen Anfang machen, alles wieder geradezubiegen. Warum kann ich nicht so stark und so normal sein wie alle anderen auch?

Ich bin froh, dass Unterricht ist, weil alle im Klassenzimmer sind und ich freie Bahn habe. Aber das allein wirkt schon wieder so unwirklich. Ich bin allein. Und die Wege, die ich gehen muss, sind gelb und lang und haben einen quietschenden Fußboden in grau.

Dann klopfe ich an das Sprechzimmer, in dem mich der Dornfels erwartet. Ich hoffe, dass er vielleicht nicht mehr da ist und denke an das Päckchen in meiner Tasche. Alles ist so hoffnungslos. Ich hasse dieses Gefühl! Es ist, als würde es einen geradewegs auf die nächste Brücke ziehen und zuschreien, dass man springen soll.

Ich klopfe noch mal und drücke die Türklinke runter. Abgeschlossen. Der Dornfels ist tatsächlich nicht da. Klasse. Selbst der hat mich aufgegeben. Ich schaue auf die Uhr. Dabei bin ich nur eine Viertelstunde zu spät und er hat doch eine Freistunde genau wie ich. Andys Leben besteht nur aus Freistunden. Das könnte ich auch haben. Aber ich will mit dem Dornfels sprechen. Ich muss das ganze Chaos irgendwie stoppen und in den Griff kriegen. Bestimmt ist er im Lehrerzimmer.

Der gelbe Endlosgang verdaut mich langsam. Neben der Tür zum Lehrerzimmer geht es zur Lehrertoilette. Alles für Lehrer, Schüler verboten. Was im Leben nicht alles verboten ist!

Ich öffne die falsche Tür und stehe plötzlich im Waschraum. Der Spiegel zeigt mir eine irritierende Mischung von einem gutaussehenden Jungen und einem abgewrackten Junkie. Das bin nicht ich. Aber *da ist das Koks …*

Ohne zu überlegen packe ich das Gramm aus und schütte es auf die Ablagefläche. Dann stülpe ich gierig meine Nase über den weißen Haufen und ziehe den Vorhang zu. Ich will dieses jämmerliche Bild von einer Welt nicht mehr sehen.

Als ich wieder aufsehe, bin ich ganz weiß an Nase und Oberlippe und mir läuft bitterer Rotz den Rachen runter. Das ist gut, weil jetzt endlich was in Gang kommt.

Plötzlich höre ich die Spülung aus einer der Kabinen. Erschrocken wische ich mir durchs Gesicht und puste den Rest Koks von der Ablage.

„Stephen?", fragt der Dornfels, der gerade in den Waschraum kommt. „Was machst du denn hier drin?"

„Ich hab nach Ihnen gesucht, Sie waren nicht mehr im Sprechraum." Sensationell, wie mir das einfällt. Ich schniefe.

„Ich habe auf dich gewartet", entgegnet der Dornfels und schaut auf die Uhr. Dann guckt er wieder mich an. „Und was machst du hier auf dem Lehrerklo?"

„Na, nach Ihnen suchen!" Ich bin plötzlich hellwach und finde es lächerlich, dass ein Lehrer wie der Dornfells nicht selbst die Zusammenhänge sieht. „Hab ich doch schon gesagt!"

Der Dornfels sieht mich skeptisch an. „Ja, das hast du."

Ich beobachte ihn dabei, wie er sich die Hände wäscht. Und wieder fällt mir auf, dass er von den Lehrern noch mit Abstand am besten aussieht. „Sind Sie schwul?", frage ich auch schon.

Überrascht sieht mich der Dornfels an. „Du meinst, weil du es bist?"

Eigentlich müsste ich jetzt überrascht sein, aber ich finde das nur logisch. Endlich ist der Kerl auf meinem Niveau und sieht, wie alles zusammenpasst.

„Ja", sage ich voller Selbstvertrauen, „ich bin schwul."

„Das habe ich mir schon gedacht", antwortet der Dornfels, sieht aber noch immer irgendwie skeptisch aus.

„Was ist? Glauben Sie mir nicht, dass ich auf Kerle stehe?"

„Doch, doch." Er räuspert sich. „Ich wundere mich nur über deine Direktheit. Du bist doch sonst eher verschlossen und – weiß das sonst überhaupt jemand?"

„Alle wissen es!", sage ich voller Überzeugung. Wie könnten sie sich auch wagen, es nicht zu wissen?

Jetzt runzelt der Dornfels die Stirn. „Alles in Ordnung mit dir, Stephen?"

„Nennen Sie mich Steph!"

„Steph", korrigiert er sich.

„Mir geht's fabelhaft, einfach nur fabelhaft."

„Ich hatte da eigentlich einen anderen Eindruck."

Und dann gehen die Pferde mit mir durch und ich gehe auf den Dornfels zu, bis ich ganz dicht bei ihm stehe und sein Aftershave riechen kann, das in meiner Nase betörend Purzelbäume schlägt.

„Sie können sich ja selbst davon überzeugen, dass es mir fabelhaft geht", flüstere ich ihm verführerisch zu.

„Also das reicht jetzt!" Bestimmt fängt er mich ab und drängt mich zurück. „Was ist los mit dir?"

„Was ist los mit Ihnen?", frage ich zurück, weil ich das viel aufschlussreicher finde. Wenn der Dornfels wirklich schwul ist, warum stößt er mich dann weg?

„Ich schlage vor, dass wir unser Gespräch auf einen anderen Tag verschieben", schließt der Dornfels und öffnet die Toilettentür, um mich rauszuwinken.

Widerwillig komme ich der Aufforderung nach. „Sie verstehen das alles nicht."

„Was gibt es denn auch zu verstehen?" Verzweifelt ringt er um Fassung. „Hast du irgendwas genommen?"

Ich grinse breit. „Die Standardfrage."

„Lassen wir es für heute gut sein", sagt der Dornfels matt.

„Wissen Sie eigentlich, dass Schwule einen lebenswichtigen Beitrag leisten?", platzt es plötzlich aus mir heraus. „Die ganze Schöpfung ist darauf ausgelegt. Schwule halten die Gesellschaft zusammen. Ohne uns würde die Erde in zwei Hälften brechen und alles würde den Bach runtergehen."

Ich muss zwar zugeben, dass das gerade nicht so passt, aber ich finde den Gedanken einfach nur genial und muss ihn unbedingt mitteilen. „Und da fragt man sich doch, wie die ganzen Heteros auf die Idee kommen, die Schwulen niederzumachen, oder? Die müssten uns eher die Füße küssen, weil wir alles zusammenhalten!"

Meine Anklage wird gekonnt durch den Pausengong unterstrichen und ich habe das Gefühl, als wäre ich persönlich für diese Meisterleistung an Effekt verantwortlich.

Der Dornfels guckt mich nur entgeistert an, weil er mir nicht mehr folgen kann. Wie denn auch? Der ist nur ein normaler Lehrer, ein Mensch …

Und dann ist der Gang voller Schüler und es ist so, als ob ein Fluss aus Menschen an uns vorbeitreibt und wir die Felsen sind.

„Schwuchtel", sagt plötzlich jemand und ich erkenne sein Gesicht. Das ist der Schlägertyp, der mir letzte Woche gedroht hat, als ich mir den Fuß umgeknickt habe.

„Wichser!", schreie ich zurück.

„Stopp!", ruft der Dornfels. „Du gehst schön weiter", sagt er zum dem Typ.

„Weißt du eigentlich, dass dein Vater mein Kunde ist?", lache ich und sehe zu, wie dieser kleine Mensch dort unten rot wird vor Zorn. „Dein Vater kommt aber nicht zum ficken, der lässt sich ficken!"

Der Dornfels hält den Typen zurück. Es sieht fast so aus, als ob der Kerl von meinem Schutzschild zurückgeschleudert wird. Ja, ich bin unverwundbar!

„Stephen!", fährt der Dornfels mich an. „Geh nach Hause, verdammt!"

Ich lache. Ja, nach Hause. Ich habe meinen Eltern ja ein paar Neuigkeiten mitzuteilen. Aber das ist kein Problem. Nicht für mich, nicht jetzt.

Voller Erkenntnisse lasse ich mich von dem Strom mitreißen. Es schwemmt mich aus der Schule an den Tag, der schöner nicht sein könnte. Und alles lacht und freut sich um mich herum und plötzlich ist Bastian neben mir, der noch nicht verstanden hat und Fragen stellt und Fragen, Fragen, Fragen …

„Ich bin jetzt schwul", sage ich ihm direkt ins Gesicht und genieße dieses Unverständnis in seinen Augen. Neben ihm steht Maike und sie halten Händchen.

„Laber nich", bringt Bastian schließlich hervor.

Ich kläre ihn auf, weil er als mein bester Freund schließlich ebenfalls auf die nächste Ebene kommen muss. Er soll wissen, wie das alles funktioniert, und dass es genau so und nicht anders Sinn macht und …

„Vorsicht!", schreit er plötzlich und ich lache, weil Maike und er die Augen aufreißen wie Kaninchen im Fuchsbau. Ich lache, weil niemand versteht, wie schön das Leben ist, wenn man hinter den Vorhang guckt.

Und dann sehe ich plötzlich den Schwachmaten, der mir noch die Fresse polieren will. Soll er nur, ich …

25

Schwarz.

26

Ich stehe auf dem Abstellgleis. Andy liegt neben mir und wir schauen uns an. Bis in die Seele, nur dass auf seiner Seite kaum noch was übrig ist von seiner Seele. Eine Hülle, die mich anlächelt. Und ringsum ist es schwarz, als gäbe es nichts anderes mehr.

„Was ist?", frage ich.

„Warum?", fragt Andy zurück.

Warum weiß ich auch nicht. Und was ist, will er mir nicht sagen.

27

Ich spüre eine Hand. Andy ist weg und es ist immer noch schwarz. Aber da ist eine Hand, die meine hält und eine vertraute Stimme, die unverständlich murmelt. Schön.

Und dann bin ich wieder weg. Aber die Hand bleibt.

28

„Muss das sein, wenn wir hier sind?"

Ich kenne die Stimme. Bastian. Er muss irgendwo da im Schwarz sein.

„Stell dich nicht an", antwortet eine andere Stimme und ich spüre, wie meine Hand gedrückt wird. Ich drücke zurück, weil ich Sven erkenne.

Plötzlich herrscht eine Aufregung, die da irgendwo hinter dem schwarzen Vorhang in Gang kommt. Aber zu mir dringt sie nicht so richtig vor. Es bleibt schwarz. Oder muss ich etwa einfach nur die Augen öffnen? Wenn das nur ginge …

Und dann höre ich auch meine Mutter und später meinen Vater und ich drücke wieder Hände, um zu zeigen, dass ich da bin.

Ich stehe noch eine Weile auf dem Abstellgleis und warte. Dann sind die Hände plötzlich weg und ich fühle mich einen Moment lang allein.

„Können Sie mich hören?", fragt eine fremde Stimme.

„Ja", krächze ich und werde von der Stimme ins Licht gezogen. Der schwarze Vorhang wird durchlässig und verschwommen schaue ich in das Gesicht, das über mir hängt und meine Augen aufreißt und hineinleuchtet. Das tut richtig weh und ich will mich dagegen wehren.

29

Später bin ich wieder klar. Angeblich hat es zwei Tage gedauert. Und dann erfahre ich, dass ich im Koma gelegen habe. Fast drei Wochen! Schädel-Hirn-Trauma nach einer Schlägerei. Das muss ich erst mal alles ganz langsam verdauen. Überhaupt ist vieles durcheinander.

Aber meine Eltern besuchen mich und auch Sven und Bastian mit Maike. Allerdings kommen die meist getrennt.

„Mach dir keine Sorgen", sagt Sven und hält wieder meine Hand. Ich bin beruhigt, dass niemand anderes im Zimmer ist und es sieht. „Sie haben es gut aufgenommen."

„Was?", frage ich mich schwerer Zunge.

„Dass du schwul bist." Sven lächelt mir sein schiefes Lächeln zu, mit dem zurückstehenden Schneidezahn. Wie schön er ist.

„Das wissen die?", frage ich matt.

„Ja, das blieb nicht aus, nachdem du es quasi überall rausgebrüllt hast." Sven schüttelt den Kopf. „Ich hab dich ja …" Er bricht ab.

„… gewarnt", vollende ich den Satz.

„Ja, aber eigentlich wollte ich das jetzt nicht sagen. Vorwürfe kann ich dir später immer noch machen." Er zwinkert mir zu.

Dann kommen meine Eltern rein und ich nehme schnell meine Hand aus der von Sven.

„Bleib ruhig sitzen", sagt meine Mutter, als Sven aufstehen will. Sie legt ihm eine Hand auf die Schulter. Dann schaut sie mich an mit einer Mischung aus Schmerz und Glück. „Wie geht es?"

„Gut", sage ich, obwohl ich davon sicher noch ein Stück entfernt bin. Dann schießt mir durch den Kopf: *Sie wissen es*! Und trotzdem sind sie hier. Und Sven auch, obwohl sie es von ihm ja auch wissen müssen.

„Wollt ihr noch allein sein?", fragt mein Vater und schaut ein wenig unsicher.

„Nein, nein", wehrt Sven sofort ab, „ich kann ja auch später noch mal wiederkommen."

„So ein Quatsch", sagt meine Mutter, „bleib ruhig."

„Wie läuft das Studium?", fängt mein Vater plötzlich an mit Sven zu reden. Irgendwie wirkt es so, als hätten sie das schon die letzten drei Wochen gemacht. Und Sven antwortet und sie reden und irgendwann stehen sie zusammen und meine Mutter sitzt bei mir am Bett.

„Ich hab dir was zu lesen mitgebracht", sagt sie und legt mir ein paar Zeitschriften hin.

Lesen empfinde ich gerade als ziemlich anstrengend. Trotzdem freue ich mich.

„Hat Sven dir alles erzählt?", fragt sie dann und sieht mich forschend an.

„Ich hab – keine Ahnung", gebe ich zurück.

Jetzt sieht sie besorgt aus.

„Alles ist ein – ziemlich weiter Begriff", füge ich an und sorge damit für ein Lachen.

„Keine Angst, ich will dich nicht aushorchen", sagt meine Mutter und sieht mit einem Mal ganz zufrieden aus.

Nach einer Stunde gehen sie wieder, nur Sven bleibt noch.

„Musst du nicht – zur Uni?"

„Semesterferien", grinst er verschmitzt. „Hast dir für den Mist einen passenden Zeitpunkt ausgesucht."

„So, und jetzt – erzähl mir alles", sage ich, weil ich das Gefühl habe, dass da noch mehr ist.

Und Sven erzählt von dem Tag, an dem meine Eltern wie verrückt bei ihm zu Hause angerufen haben und Bastian keine Ahnung hatte, aber er. Natürlich ist er dann irgendwann mit der Sprache rausgerückt, dass ich bei Andy sein könnte. Für Bastian war das ein richtiger Skandal, weshalb er dann auch nicht mehr lockergelassen hat und Sven die ganze Geschichte offenlegen musste. Aber bei Andy war natürlich niemand, was meine Eltern noch viel mehr beunruhigt hat. Und am nächsten Morgen habe ich dann ja angerufen und bin mit komischen Klamotten und einem Riesenego zur Schule. Das weiß Sven alles von Bastian und bei mir blitzen allmählich einzelne Bilder von dem Tag auf. Ich erinnere mich, dass ich dem Dornfels an die Wäsche wollte.

„Was ist?", fragt Sven besorgt, weil ich das Gesicht verziehe.

„Nichts", lüge ich und habe Kopfschmerz und Übelkeit.

„Soll ich …"

„Nein", sage ich schnell. „Erzähl weiter!"

„Da gibt es nicht mehr viel zu erzählen. Du hast dich mit einem Typen bekriegt und am Ende ist der mitsamt seinen Freunden auf dich losgegangen. Mitten auf dem Schulhof."

In Gedanken sehe ich den Typen wieder auf mich zukommen. Dann ist alles weg.

„Deswegen läuft bereits eine Anklage", erklärt Sven.

„Drei Wochen?"

„Der Typ hat dir ganz schön eins auf die Nuss gehauen und du bist mit dem Kopf auf den Asphalt. Bastian hat sich übrigens ein blaues Auge weggeholt, weil er dir helfen wollte."

Ich schäme mich und hab ein schlechtes Gewissen.

„Was ist eigentlich mit Andy?"

Sven schweigt eine ganze Weile. Fast bereue ich es schon, dass ich die Frage gestellt habe.

„Ich hab von Mausi gehört, dass er wohl ins Ausland gegangen ist."

Oh, darum ist er also nicht hergekommen.

„Angeblich wird er gesucht, weil er Geschäfte mit ein paar ziemlich üblen Leuten gemacht hat." Sven sieht mich ausdruckslos an. „Tut mir leid für dich."

„Wieso das?" Ich bin verwundert.

„Du bist doch in ihn verknallt, oder?"

„Nein", antworte ich sofort.

„Und warum hast du dich auf den Scheiß eingelassen?"

„Na, weil wir Streit hatten – und Bastian hatte Maike – und ich war allein …" Schon während ich das sage, komme ich mir unglaublich dumm vor.

Sven räuspert sich. „Einer deiner Lehrer hat einen Hinweis gegeben, dass du vielleicht unter Drogen gestanden hast."

Ja, das Koks, fällt es mir wieder ein. Das war echt gut gegen dieses Scheißgefühl. Und dann wird mir klar, was Svens Aussage eigentlich bedeutet.

„Was …", fahre ich auf, aber Sven hält mich zurück.

„Lass erst mal gut sein. An dem Test kannst du eh nichts mehr ändern."

„Aber …"

„Sobald du vernehmungsfähig bist, wollen die Typen von der Kripo deine Aussage, woher das Zeug stammt. So wie es aber aussieht, wird man von einer Strafverfolgung absehen, weil du kaum was bei dir hattest."

„Kaum was bei mir?"

„In deiner Hosentasche hat man einen Rest gefunden." Sven sieht plötzlich ziemlich niedergeschlagen aus.

„Tut mir leid", sage ich kleinlaut.

Sven zuckt die Schultern. Nach einer Weile fragt er aber doch wieder: „Warum?"

„Ich – ich war in dich verknallt, glaub ich."

Sven schweigt und ich habe das Gefühl, dass ich damit erst recht ins Klo gelangt habe. Aber dann lächelt Sven traurig und schüttelt den Kopf. „Warum hast du nichts gesagt?"

„Was hätte ich denn sagen sollen?"

„Ich weiß auch nicht …" Er räuspert sich. „Ich hab echt gedacht, du stehst auf diesen Schwachmaten."

„Andy?"

„Ja, Oberschwachmat!"

„Was ist eigentlich mit Bastian?"

„Der hat sich wieder eingekriegt. Am Anfang war der ganz schön angepisst, aber mittlerweile ist wieder alles so wie immer: Wir reden nicht miteinander." Sven grinst.

„Und mit mir?"

„Keine Ahnung. Aber er hat dich ja besucht, also wird er wohl damit klarkommen, was?"

Ich atme tief durch.

„Er meint, dass ich in dich verknallt bin", sagt Sven schließlich.

„Und?", frage ich zurück. Mein Herz scheint zum ersten Mal seit dem Koma wieder zu schlagen.

„Hey, du bist der beste Freund von meinem Bruder! Ich kann dir nicht sagen, dass ich in dich verknallt bin!"

Ich lasse mir das eine Weile durch den Kopf gehen. War das jetzt ein Eingeständnis?

„Ich wollte ein bisschen Abstand von dir haben", sagt Sven nach einer Weile. „Darum hab ich mich nicht gemeldet. Weißt du, ich verknall mich nicht so oft und wenn, dann dauert das immer ganz schön, bis ich wieder davon runterkomm."

„Und jetzt bist du – davon runter?"

„Nein. Ich hab die offizielle Erlaubnis von deiner Mutter. Ich wäre bescheuert, wenn ich es nicht versuchen würde, oder?" Er grinst breit.

„Du hast – was?"

Sven erzählt mir, dass meine Eltern ganz schön viele Fragen gestellt haben, während ich im Koma lag. Er findet, dass sie sich ganz gut mit der Neuigkeit geschlagen haben, vor allem in Anbetracht der Lage.

„Und dann meinte deine Mutter letzte Woche, ob ich und du, ob wir ein Paar wären, weil ich immer so oft hier bin und sie mal gesehen hat, dass ich deine Hand halte." Sven zuckt mit den Achseln. „Na ja, als ich ihr gesagt habe, dass wir kein Paar sind, meinte sie, dass man mir aber ansieht, dass ich verliebt bin und – wenn du wirklich schwul bist – ich dich einfach fragen soll."

Jetzt bin ich baff. Meine Mutter? Wieder fällt mir ein, wie vertraut Sven mit meinen Eltern war.

„Und warum hast du nicht was gesagt?", frage ich schließlich und schiebe den schwarzen Peter zurück.

„Dummheit?" Sven lächelt traurig.

„Wenn du mir das Ganze auch als – Dummheit durchgehen lässt, ist die – Entschuldigung akzeptiert."

„Du und Dummheit?", ruft Sven und ich sehe, dass in seinem Gesicht kurz verschiedene Gefühlsregung miteinander kämpfen. „Das war Idiotie!"

Ich spüre, dass ich gern lachen würde, aber das Sprechen ist mir schwergefallen und zum Lachen habe ich keine Kraft.

Sven merkt das sofort und nimmt wieder meine Hand. „Schlaf einfach noch was, okay?"

„Und du bleibst hier?"

„Ich bleibe hier."

30

Zwei Monate später ist alles überstanden. Na ja, fast alles. Der Dornfels steht mir noch bevor. Der hat nämlich um ein weiteres Gespräch gebeten. Ich glaube, ich stell bald noch mal 'nen Rekord auf. Und worum es geht, kann ich mir natürlich auch schon denken. Aber nach den ganzen tausend Gesprächen, die ich schon mit meinen Eltern führen musste und mit der Polizei und den Ärzten und Sven nicht zu vergessen, wird das kein Problem sein.

Während ich den Gang runtergehe, denke ich an Sven und Bastian und Maike. Der Dornfels hat mich für nach der letzten Stunde bestellt. Bastian und Maike sind schon vorgegangen. Wir wollen uns nachher im Eiscafé treffen und Sven kommt auch. Es wird das erste Mal sein, dass wir vier was gemeinsam unternehmen. Und die Idee dazu hatte angeblich Bastian! Aber so ganz glaube ich das nicht.

Vor der Tür zum Sprechzimmer atme ich noch mal tief durch. Mir schießen so viele Bilder durch den Kopf – und jedes zweite davon hat mit Kokain zu tun. Meine Therapeutin sagt, dass ich in gewisser Weise schon abhängig bin. Hin und wieder habe ich Depressionen – nun also wirklich. Es war nur eine Frage der Zeit, bis sich meine Lügen diesbezüglich rächen würden. Und in solchen Momenten des Tiefpunkts ist es ganz normal, dass man sich etwas wünscht, das einem da heraushilft. Das Gefühl kann ich einfach nicht vergessen, wie mit einem Ruck der Vorhang des Lebens aufgerissen wird und es ist, als hätte man tausend fühlende Seelen. Der Preis dafür ist lediglich der Absturz in die Bedeutungslosigkeit danach. Ganz abgesehen davon, was das Zeug tatsächlich kostet! Ich muss zugeben, dass ich mich schon während der Reha schlau gemacht habe. Aber ohne einen Job als Call-Boy liegt das wohl außerhalb meiner Mittel. Da ist es besser, lieber auf das Bisschen zu verzichten, wenn man das Ganze nicht bekommen kann. Und Sven passt höllisch auf mich auf. Ich grinse breit. Sven.

„Komm rein", sagt der Dornfels, als ich endlich die Tür öffne.

Ein wenig befangen setze ich mich auf den Stuhl ihm gegenüber. Ich denke wieder an meine Anmache und fühle mich ganz unwohl. Als ich das erste Mal wieder in Mathe saß, hat er sich nichts anmerken lassen. Aber jetzt sind wir allein und werden darüber reden.

„Weißt du, warum ich mit dir sprechen will?", fragt er.

Ach, was eine fiese Frage! „Soll ich Ihnen jetzt meine schlimmste

Befürchtung mitteilen, damit die auch wirklich eintritt?"

Der Dornfels lacht. „Frech kannst du also auch ohne Drogen sein …"

Ich werde rot. Natürlich.

„Wie läuft es denn?", fragt er schließlich.

„Was?", frage ich zurück.

„Das Leben! Drogen, Liebe, Familie, Freunde, alles."

Ich schaue den Dornfels einen Augenblick lang an. In seinen Augen spiegelt sich echtes Interesse. Also warum nicht? Ich erzähle ihm einfach die Wahrheit. Dass ich eine Therapie mache, dass ich mit Bastians Bruder zusammen bin und Bastian das so langsam auf die Kette bekommt, dass meine Eltern nach viel Geduld am Anfang doch noch wie Eltern reagiert haben und im Grunde immer noch stinkesauer sind, dass ich endlich lebe und das auch fühle.

„Klingt gut", sagt der Dornfels und nickt. „Wie kommst du mit dem Schwulsein klar?"

Mir ist es noch immer unangenehm, darüber zu sprechen. Aber ich mache ein zuversichtliches Gesicht und nicke.

„Irgendwelche Probleme hier in der Schule?"

Ich denke einen Augenblick über die Angst nach, die ich ab und zu habe. Der Gedanke, dass mich jemand hier in der Schule ins Koma geprügelt hat … Aber es ist nur der Gedanke. Mitbekommen habe ich ja nicht wirklich was. Die Angst lässt sich auf jeden Fall in den Griff bekommen. Und bislang sind alle sehr nett zu mir, auch wenn mein Schwulsein jetzt so eine Art offenes Geheimnis ist.

„Alles in Ordnung", sage ich.

Der Dornfels nickt zufrieden.

„Sind wir fertig?"

Er schaut mich einen Moment lang an, dann sagt er: „Ja."

Erleichtert springe ich auf und bin schon an der Tür, als der Dornfels mich noch mal zurückhält.

„Ja?", frage ich und befürchte, dass er jetzt doch noch auf die Szene im Lehrerklo zu sprechen kommt.

„Ich hab dir noch keine Antwort auf deine Frage gegeben."

Ich schaue ihn irritiert an. „Was für eine Frage?"

„Ob ich schwul bin?"

„Ist doch klar, oder?", sage ich frech.

Der Dornfels grinst. „Ja." Dann fügt er nach einer kurzen Pause noch an: „Ich weiß daher, wie das in deinem Alter so läuft, oder kann es mir zumindest gut vorstellen. Wenn also wieder was sein sollte, ich bin gern dein persönlicher Vertrauenslehrer."

Ich schlucke. „Geht klar."

„Gut, und jetzt verschwinde!" Der Dornfels grinst mich kopfschüttelnd an. „Mann, Mann, Mann ..."

Trotzdem bleibe ich noch stehen. Ich nehme all meinen Mut zusammen und spreche endlich aus, weshalb ich eigentlich hier bin: „Tut mir leid, was ich da – gemacht hab."

Jetzt sieht der Dornfels wieder ernst aus. Oh Mann, vielleicht hätte ich mir das doch lieber sparen sollen?

„Entschuldigung angenommen", sagt er aber schließlich und ich drehe mich erleichtert um und gehe. Mit einem breiten Grinsen laufe ich nach draußen. Ich hab's doch gewusst! Der Dornfels! Allerdings beschließe ich, die umwerfende Neuigkeit für mich zu behalten. Irgendwie kommt mir die Offenheit vom Dornfels wie ein Vertrauensbeweis vor. Und Vertrauen habe ich vorerst genug zerstört ...

Etwa zehn Minuten später betrete ich das Eiscafé. Der Besitzer begrüßt mich nett und sagt, dass ich hinten durchgehen soll. Bastian und Maike haben sich auf der Terrasse in eine gemütliche Ecke verkrochen – und Sven sitzt dabei, als hätte man ihm eine Strafe aufgebürdet. Sicher ist er genervt, weil die beiden Verliebten nicht die Finger voneinander lassen können und er sich fühlt, wie das berühmte fünfte Rad. Aber als er mich sieht, strahlt er plötzlich über das ganze Gesicht. Dieses wunderschöne schiefe Lächeln! Ich liebe seinen zurückstehenden Zahn, der ist total individuell. Mein Freund! Und als ich an den Tisch komme, steht Sven auf und zieht mich unerwartet in seine Arme. In aller Öffentlichkeit gibt er mir einen Kuss mitten auf den Mund. Ich bin ein wenig erschrocken und will – nein, ich wehre mich nicht. Es ist einfach zu schön, im Leben anzukommen.

Florian Höltgen

Mein bester Freund, sein Vater und ich

170 Seiten

ISBN
978-3-934825-88-8

Sven vermisst seinen besten Freund Niels – und sein geheimes Tagebuch. Die beiden sind in etwa zur gleichen Zeit verschwunden. Zufall? Oder gibt es da eine Verbindung? Nicht auszudenken, was geschehen würde, wenn Niels all die intimen Gedanken seines Freundes lesen könnte. Da wäre als erstes Svens Homosexualität, von der Niels natürlich nichts wissen darf. Und das gleich auf der ersten Seite! Danach kommt auch schon der Eintrag, in welchem Sven seine Liebe zu Niels beschreibt. Eine Katastrophe, wenn das jemand lesen würde. Und dann erst die sexuellen Phantasien, die Sven niedergeschrieben hat ... Geheimnis um Geheimnis und mit jeder Seite steigt die Brisanz.

www.himmelstuermer.de

Florian Höltgen

Ein Tag am See

180 Seiten

ISBN
978-3-934825-64-2

Timo ist 21 und hat gerade seinen Wehrdienst hinter sich. Fast ein Jahr hat er seine beste Freundin nicht mehr gesehen. Lediglich über das Telefon haben sie sich gegenseitig auf dem Laufenden gehalten. Und jetzt, da sie gemeinsam einen Tag am See verbringen wollen, dringen die Veränderungen langsam in Timos Bewusstsein: Silke ist hochschwanger. Doch damit nicht genug: Sie hat auch einen Freund, den sie bald heiraten will und eine Freundin, die an Dummheit kaum zu überbieten ist. Timo fühlt sich von der Realität überrannt. Am Telefon klang das alles so weit weg. Jetzt aber kann er die Augen vor der Wirklichkeit nicht mehr verschließen: Seine beste Freundin ist ihm fremd geworden. Irgendwie ist ihm die ganze Situation unangenehm. Und auch Silkes Freund Bernd scheint der Idylle gern entfliehen zu wollen. Schnell bemerkt Timo, dass er den jungen Mann äußerst attraktiv findet. Nun ist die Verwirrung komplett. Darf er den zukünftigen Mann seiner besten Freundin begehren? Die Antwort ist klar. Doch Bernd schickt seinerseits unmissverständliche Signale.

Als die beiden gemeinsam mit dem Boot auf den See hinausfahren, sieht Timo seine Loyalität gegenüber Silke auf eine harte Probe gestellt. Kann er widerstehen?

www.himmelstuermer.de

Florian Höltgen

Kiss me, teacher

240 Seiten

ISBN
978-3-940818-03-4

Finn ist sechzehn und hat das Internet für sich entdeckt. Zahllose Möglichkeiten: Gay-Chats, Telefonsex, flüchtige Bekanntschaften ... Für ein Treffen hat es bislang aber noch nicht gereicht. Zu viele User machen falsche Angaben oder verlangen seltsame Dinge. Erst als er im Chat auf Volker trifft, ändert sich seine Meinung. Volker ist ein Neuling in der Online-Welt und scheint wirklich ein netter Typ zu sein. Mit seinen zweiunddreißig Jahren ist er Finn eigentlich zu alt, doch als Volker seinen Beruf nennt, weckt er in dem Sechzehnjährigen Phantasien: Volker ist Lehrer.
Sofort legt sich Finn mächtig ins Zeug. Für ihn ist das alles ein aufregendes Spiel. Doch Volker hat offenbar überhaupt kein Interesse an erotischen Chats oder Telefonsex. Ob es vielleicht daran liegt, dass Finn noch Schüler ist? Finn ist das jedenfalls egal, er lässt nicht locker. Beharrlich klopft er Volker weich, bis sie sich für ein reales Treffen verabreden. Ein Treffen, das für beide nicht ohne Folgen bleibt ...

Ein rasant geschriebenes Liebesmärchen voller Witz und mitreißenden Chat-Dialogen.

www.himmelstuermer.de

Andy Claus
Stalker - Du gehörst mir
Seit Jahren sind Lukas und sein Michael ein Paar, abe jetzt will Lukas ausbrechen. Es kommt zum Streit, bi Michael handgreiflich wird. Lukas flüchtet, finde Zuflucht bei Billy. Aber Michael kann sich mit de Trennung nicht abfinden. Sein Leben dreht sich nu noch darum, Lukas zur Heimkehr zu bewegen. E passt Lukas vor seiner Arbeitsstelle ab und ver schleppt ihn. Das Verhängnis nimmt seinen Lauf, e beginnt ein Psychospiel, das beide bis zum bittere Ende spielen müssen. Wie weit wird Michael gehen?
280 Seiten ISBN 978-3-940818-15-7

Thorsten Bonsch
Die rätselhaften Zwillinge
Julian Grifter lebt seit 15 Jahren in der Villa, mit de er eine Symbiose eingegangen ist, die ihn nicht alter lässt. Er begegnet er seinen Nachfolgern, den Brüder Sinh und Daxx. Die eineiigen, afroasiatische Zwillinge verbergen ein Geheimnis, das dem vo Julian in nichts nachsteht. Trotz anfänglicher Hürde und mysteriöser Schmerzanfälle von Julian verliebe sie sich ineinander. Gemeinsam versuchen sie, den Geheimnis auf die Spur zu kommen.

216 Seiten ISBN 978-3-940818-10-2

Peter Nathschläger
Geheime Elemente
Seit einem Jahr trauert der junge Martin um den Tod seine Bruders. Beinahe jeden Tag besucht er den Waldsee, in den er ertrunken ist, und wirft Steine ins Wasser – seine Ar Abschied zu nehmen. Darüber hinaus erschwert ihm de ständige Streit mit Hotelierssohn Kai das Leben. Doch eine Tages im Sommer taucht aus dem Wasser ein geheimnisvol ler, elfenhafter Junge auf. Er zeigt ihm, wie man Traue überwindet, wie aus Feinden Freunde, und aus Freunde Liebende werden können. Denn Kais Sticheleien sollten nu verbergen, dass er eigentlich in Martin verliebt ist.
Ein zutiefst bewegender Roman über den Umgang mit den Tod, Freundschaft, Liebe und Wunder.

220 Seiten ISBN 978-3-940818-02-7

Matthias Elger
Der Traum von Hollywood
Es ist 1956 als der 20-jährige Justin aus seiner kleinen Heimatstadt in Idaho davonläuft, um seiner Familie zu entfliehen. Sein Ziel ist klar: Hollywood! Seit seiner Kindheit träumt er davon, einmal Schauspieler zu werden und genauso berühmt zu sein wie sein Idol, der erfolgreiche B-Filmstar Spencer Jackson. Er besitzt zwei Dinge, die ihm hilfreich sein sollen sich diesen Traum zu erfüllen: Talent und ein atemberaubend gutes Aussehen. Doch es gibt etwas, von dem Justin noch nicht ahnt, dass es sehr hinderlich für ihn werden könnte: er ist schwul. Und das ist etwas, dass man besser niemanden in Hollywood wissen lässt, wenn man von einer Karriere beim Film träumt! sich diesen Traum zu erfüllen

320 Seiten ISBN 978-3-934825-93-2

Manuel Sandrino
Selbstverständlich schwul
Timmy ist ein verklemmter, schwuler 20jährigerer. Entschlossen seine Hemmungen in den Griff zu kriegen, besucht er eine Schule in San Francisco, die mit *Selbstverständlich schwul!* wirbt.
Dort entdeckt Timmy nicht nur das Geheimnis der Erotik, sondern vor allem einen ganz neuen Sinn im Leben. Der Süden Kaliforniens bietet so viel Neues und Aufregendes: als Statist in einem Film mitzumachen, eine spontane Show am Muscle Beach in Venice und als sich Timmy für eine Massage als Model zur Verfügung stellt, wird er unfreiwillig Lehrobjekt bei einem Tantra-Seminar. Timmy wird als schamloser Junge zum Symbol einer neuen Bewegung hochstilisiert. Andere sehen in Timmy ein Symbol des Zerfalls der Moral und es kommt im konservativen Amerika mit seiner Prüderie und Doppelmoral zu Protesten und seiner Entführung.

376 Seiten ISBN 978-3-940818-01-0

L.B.Roth
Das Meer in seinen Augen
Gern zieht David mit seinen Eltern in eine neue Stadt. In der Schule läuft nämlich gerade einiges aus dem Ruder. Das Schlimmste ist, dass die Vermutungen seiner Klassenkameraden wahr sind: Er steht auf Jungen. Als David auf Merlin trifft, beginnt er sich in diesen Jungen zu verlieben. Alles scheint hervorragend zu laufen, bis auf die Tatsache, dass Davids neuer Freund offen schwul lebt. Merlin hat gelernt, sich vor anderen zu verteidigen, und auch zu Hause versteckt er sich nicht hinter Lügen. Die junge Liebe wird schon bald auf eine harte Probe gestellt. Und zu allem Überfluss gährt schon das nächste Geheimnis im Verborgenen. Ein Geheimnis, das die Macht hat, alles ins Chaos zu stürzen …
470 Seiten ISBN 978-3-940818-04-1

www.himmelstuermer.de

citizen_b
Keiner küsst wie daddy cool
Kilian Kuhl (54) ist der wohl der attraktivste Sugardadd Frankfurts. Sandro (18) „Sunny“ Schlecker ist ein aufgeweck ter, bildhübscher blonder Bengel, mitten im Coming-out. Si könnten das wahrscheinlichglücklichste schwule Pärchen de Universums sein. Wenn man sie nur ließe! Bei Freunden un Bekannten stößt das ungleiche Paar allerdings auf blanke Unverständnis und pures Entsetzen. „Ist das dein Großvater Lässt du dich jetzt aushalten?“, fragen Sunnys Freund „Stehst du jetzt etwa auf Stricher? Der ist doch noch ei Kind!“, schimpfen Kilians Bekannte. Beiden schlägt eine Wel der Feindseligkeit und Verachtung entgegen. Eifersucht, üb Lügen und Verleumdungen machen Sunny und Kilian da Leben schwer.
148 Seiten ISBN 978-3-940818-14-0

Benjamin Wagner
Mädchenhass und Jungenliebe
Schon seit einiger Zeit hat der 16jährige David das Gefüh dass seine Beziehung mit Lara, einem Mädchen aus der Klass ihn nicht mehr richtig glücklich machen kann. Unverhof kommt eine neue Liebe in Davids Leben, als er in der Schul den etwas jüngeren Henning kennenlernt, mit dem er sic schnell anfreundet.
Zunächst merkt er gar nicht, wie seine Gefühle für Hennin wachsen, doch als seine Beziehung mit Lara in die Brüch geht, muss er einsehen, dass er sich verliebt hat. Er wir jedoch von seiner Ex-Freundin gnadenlos verfolgt und e gipfelt in der Anschuldigung, er hätte sie vergewaltigt!
Eine ungewöhnliche Stalker Geschichte unter Jugendlichen!
148 Seiten ISBN 978-3-940818-12-6

Christian Weichselbraun
The first cut
Jonar ist ein junger Schwuler, der unter seinem merkwürdige Namen und zu geringem Selbstbewusstsein leidet. Da trifft e auf Tobias und es ist Liebe auf den ersten Blick. Doch Tobia beendet die Beziehung und hinterlässt einen am Bode zerstörten Jonar. In einem Taumel der Selbstzerstörung set Jonar sein ganzes bisheriges Leben aufs Spiel. Nicht einmal de hübsche und sensible Krankenpfleger David schafft es nich Jonar auf andere Gedanken zu bringen. Es scheint kein End in Sicht.
Doch dann erkennt Jonar endlich, dass es Wichtigeres gibt, a Selbstmitleid. Denn das Leben nimmt keine Rücksicht a innere Verletzungen. Es geht einfach weiter. Mit voll Wucht…
216 Seiten ISBN 978-3-940818-05-8